U0037500

大旗出版
BANNER PUBLISHING

大旗出版
BANNER PUBLISHING

大旗出版
BANNER PUBLISHING

大旗出版
BANNER PUBLISHING

台海決戰

帝國末日Ⅲ

The End of the Empire Ⅲ
The Dragon Fall

T. W. 虎　著

目錄

序 004

楔子 006

第一章 亞細亞的孤兒 013

第二章 民主自由與共產極權 019

第三章 泰山計畫 024

第四章 內賊 029

第五章 新科技、新武器 034

第六章 初踩紅線 050

第七章 聖彼得堡夜客 060

第八章 風起雲湧 064

第九章 再踩紅線 072

第十章　一觸即發　081
第十一章　大戰爆發　085
第十二章　灘頭爭霸　133
第十三章　從海底出擊　168
第十四章　碧血長天　176
第十五章　海陸空大決戰　188
第十六章　核報復　222
第十七章　核戰後　225
第十八章　巨龍發威　231
第十九章　結局　241
注釋　武器原理說明　246

序

中華民國自一九八六年開始執行為期四十年的「泰山計畫」，期間二〇二〇年及二〇二二年分別發生了中日戰爭與中美戰爭，兩次戰爭皆因想要將台灣做為對中國「借刀殺人」的工具，硬是把台灣捲入戰事，而台灣的領導人明知道中國這隻惡龍事後必會過河拆橋，仍盡力幫助中國，打贏這兩場戰爭。

果不其然，在「泰山計畫」結束前的二〇二四年，台海戰爭以中國偷襲花蓮而揭開序幕。二〇二七年六月六日，中國更對台灣進行全面攻擊。

中華民國在強敵逼臨之下仍能處變不驚、站穩腳步，先是阻絕中國第一大強援——俄羅斯的軍事援助，然後在國際間尋求支持，進而舉行雙十國慶閱兵大典，以凝聚國人的信心。

最後在中國以核子魚雷、戰術核彈、戰略核彈的連番攻擊之下，中華民國被迫以核彈摧毀北京，因而結束了這場決定兩岸前途的歷史性戰爭。

終戰後的中國面臨內憂外患，新的中國領導人為了打開這個僵局，又回頭找台灣求助，台灣領導人在考量利害得失後，毅然決定全力幫忙。

中國竟能在危急之際，以政治手法暫平內亂，以權謀巧思與霹靂手段全殲兩敵、擊退另四敵，使中國免於被瓜分的危機。

接下來要如何處理國內的政治危機與台灣關係，在在考驗著兩岸領導人的智慧。

楔子

一

他們一行人成一路縱隊，魚貫地離開「蒙自」，進入一片未知的叢林，總數一千多人，個個眼中帶淚，心中淌血。「蒙自」是中國西南邊陲的最後一個小鎮，再往南便是一片面積大過台灣的滇緬三不管地帶。「中國，不知何時才能再回來？」大家心中想的都是同一件事。

「楊上尉」是中國陸軍一百二十六連的連長，他與連上僅存的三十八人也在行列中。隊伍的領導是「李團長」，至雲南一路潰逃至今，從六萬多人到現在的一千多人，那是多麼悲慘的過程，在瀾滄江邊看到被炸毀的大橋那一刻起，心情如墜地獄，六萬多人在江邊被俘，只有「李團長」的那一團趁黑夜用繩索，垂下瀾滄江順流而逃。

那些將軍們在昆明時早已坐飛機跑了，「楊上尉」回想近一年多來，戰況急轉直下。事實上從「徐蚌會戰」以來，共軍就勢如破竹，攻城掠地，國軍大部分是一圍即降，或不戰而降。像這次六萬大軍一路逃避的追兵人數不到九千，共軍所憑藉的只是「策略」和「心理作戰」，「楊上尉」心想：「以後跟他們交手前必須先想好對策。」（然而這一心願直到三十六年後，才由他的兒子實現。）

一千多人的隊伍行經叢林時，被不時出現的老虎獵去二十五人，接著被瘴氣及螞蝗打倒了一百多人，又遇上了好戰的克倫族人（後來他們跟克倫族人變成親密的戰友），經過重重險阻，最後終於在這一片蠻荒之地安寨立戶。時為一九五〇年。

這一群「孤軍」遺世獨立，獨自在荒野中成長茁壯，不斷地招兵買馬，持續有民眾自中國大陸前來加入，幾年內已成為一支數萬人的勁旅。更獨力執行「反攻大陸」的壯舉，攻城掠地占領數個縣城，可惜後援不濟，落得功敗垂成，但是他們卻已獲得播遷至台灣的國民政府注意，再度投以關愛的眼神。數年後在台灣的暗助下再度「反攻大陸」，後來因受限於國際壓力，台灣不得不停止援助，遂又無法成功。台灣再度受到國際情勢所迫，兩次從滇緬地區撤退軍民來台。

一九五二年「楊上尉」與逃難到滇緬三不管地帶的「于小姐」成婚。「于小姐」在一九五五年因難產去世，留下一名男嬰，由「楊上尉」獨力扶養。一九六一年「楊上尉」在國民政府第二次撤離時，託人將兒子帶到台灣，請政府代為照顧，並使其受教育，「楊上尉」則繼續留在邊區從事布建的工作。

一九六八年「楊上尉」在國民政府的第三次（祕密）撤退行動中來台，父子團聚。「楊上尉」以「少校」之位階編入陸軍參謀本部，他的兒子後來繼承父親的衣鉢，成為「泰山計畫」的負責人，中華民國的反共先鋒。

二

一九八八年八月一日，自宜蘭起飛一架雙人座的F-5F，機上左右掛架各掛載一個改裝的副油箱，機腹則掛著一個神祕的物體。起飛後，向東以三百八十節的速度直飛而去。九十分鐘後，後座的指揮官下令：「拋副油箱，轉向北飛。」

又過了十五分鐘，「已到達白區，」跟著飛機開始爬升，「紅區到了，」飛機轉成原地盤旋上升，高度一萬二千公尺，「放！」

機腹下的物體被離心力拋出，並依慣性繼續爬升，這時飛機已轉向西南急速飛離。數秒鐘後，物體的慣性已被重力耗盡，開始下墜，六十秒後接觸海面，再數秒後物體沉至五十公尺深處。

物體的核心結構是一個啞鈴狀、中央鼓起的東西，啞鈴中心由一圈高爆炸藥所圍繞，這時由高爆炸藥旁的放電電容釋出數十道電子脈衝，同時到達數十片炸藥片——炸藥片瞬間引爆了，啞鈴核心立即被壓縮到如彈珠一般大小，造成連鎖反應。啞鈴兩頭尚未來得及炸離，就被核心的一級與二級反應產生的高溫所吞蝕，進而造成三級反應。

其導致的結果，便是相當於九十萬噸黃色炸藥同時爆發開來的威力，剎時海面掀起巨大的水牆，這是一顆中華民國的金屬融合彈，試爆的目的是為了向中共證明台灣有能力且已經在中國布署了三十六顆同級的核彈。此即為「天罡計畫」。

「天罡計畫」自一九八四年開始執行，至一九八八年領袖辭世之後，立即派出中科院的「死間」佯裝叛逃美國，故意將台灣的核子「機密」洩漏給美國高層，為的只是八月一日這場精彩好戲。

三

一九八九年，中國長春前「偽滿州國皇宮」西北方十三點五公里處。

「咯咯搮搮搮搮……」又來了！那嚇人的鬼叫聲令人毛骨悚然，斷斷續地叫了一個多小時，「虎」孤身一人坐在升起的柴火旁，獨自面對這有如地獄般的景象，而身邊唯一的依靠就只有那堆柴火。

這時「虎」已被吵了一個多小時了，那聲音彷彿在嘲笑他似的，只聞聲，不見影。「虎」突然「怒從心頭起，惡向膽邊生」，放聲大罵，嘲笑聲總算停止了。

「虎」足足罵了半個小時才停，跟著一片鴉雀無聲，忽然在月光下依稀見到一團白色物體，由右前方向著左邊移動，形似鬼魅，身形痀僂。「虎」曾在司馬中原的著作中看過許多淒艷的鬼故事，但現在聽那「搡搡」的笑聲，至少也有九十歲了，想起那乾癟的皮膚跟痀僂的身影，現實真是太殘酷了。

又過了寧靜的三、四十分鐘，「虎」正雙眼矇矓之際，忽聽「咯咯搡搡搡搡」之聲又傳來，其後又跟著數十聲「咯咯搡搡搡搡」，聽聲音竟是朝著自己所在之地衝過來，接著嘈雜聲嘎然而止，突然間一團白影衝到面前，「虎」把心一橫，左腳向前跨進，右拳用盡全力向前揮出，擊中之聲如敗革，頓時萬物皆寂，驀然一陣靈光閃過，「虎」知道了「百鬼岩」所含的意義。

三天前「虎」在東京時，突然想起八年前有一份機密文件所記載的一件歷史公案，心中升起一股求證的衝動，遂前往西麻布的中國大使館。到達之時已是下午三點多了，大使館已開始準備下班，「虎」表明自己台灣人的身分，獲得特別通融辦理「旅行證」。

「虎」對承辦人員說，希望辦快一點，對方說簽證費二千四百日圓，只要加付三千六百日圓辦理急件，三天就可取得「旅行證」。「虎」說：「有沒有更快的？我希望明天能去中國。」對方回答：「再加三千日圓可辦特急件。」「虎」立即應允並填好申請表格，交出護照及一張照片。

但問題來了，照片需兩張。眼見即將到手的一筆小橫財就要飛了，突然自櫃台後面走出一名老年男士，伸手接過文件說：「讓我想想辦法。」跟著他拿到後面房間，再出來時，問題解決了。原來他竟將照片影印（還是印黑白的）貼在申請表上，把照片貼在「旅行證」上，蓋好章便全部完成，九千圓輕鬆入袋。

第二天下午，「虎」搭乘日航赴大連，再轉乘火車，第三日到達長春。「虎」在長春火車站買了一些必需品之後，便坐上出租車前往觀光景點「偽滿州國皇宮」。

「虎」要出租車的司機往北開，過了大約十一公里後轉向西行，進入一條小徑，再走六公里，已到路的盡頭。「虎」與出租車司機約定第二天中午十二點再來接他，然後「虎」背著行囊獨自下車。「虎」看了一下衛星導航儀（當時的衛星導航儀只能顯示使用者的所在地經緯度），經計算後得知目的地在正北方三點五公里處，於是「虎」便朝著正北方進入一片荒野。

三點五公里的路程，花了四個小時才到達，只見右方一片低矮的抝樹林，正前方是一片爬滿了藤蔓的石壁。「虎」眼見即將天黑，便收集一些木柴升起了營火。

到了晚上十點，「虎」大概是侵犯了某些東西的地盤，突然四周響起「咯咯搽搽搽搩」，聲似夜梟，又似老太婆的嘲笑聲，「媽的，這一夜難過了……。」

「虎」一拳擊出後，發覺擊在一團軟中帶硬的物體上，突然四周一片寂靜，月光下就著營火一看，原來是一隻白色的怪物，狀似野狼，通體透白，其嘴如喙，咽喉被擊中，顯然已是入氣少而出氣多了。但「虎」也因此知道了「百鬼岩」的焦點[1]所在，他用帶來的簡易器材做了種種「百鬼岩」焦點相關位置的測量，詳細記錄下來之後，終於找到了前人所留的記號，並將它毀掉。再來的工作就超過「虎」的能力與權責了。

第二天「虎」返回東京，一星期後他前往「新領土」向「王將軍」報告。

「王將軍」大怒：「難道沒人告訴你不可以親赴匪區？」「虎」回答：「沒有人告訴我。」

「王將軍」聽完後語氣稍緩：「你也太魯莽了。從現在開始，你二十年內無論任何理由，不得深入匪區。」又說：「你打死的怪物，北方人稱之為『貘』。」後來就將此報告題為「一拳打死貘貘專案」。

二〇〇七年，台灣將日本人在二戰末期埋藏在長春、吉林兩地的寶藏祕密移交給中國當局，接下來的十五年間台灣與中國暗中聯手消滅了日本倭寇、打倒美國帝國主義，但十五年後，台灣卻變成了中國亟欲消除的眼中釘，正所謂「過河拆橋、過橋抽板」，「飛鳥盡、良弓藏，狡兔死、走狗烹」。

第一章　亞細亞的孤兒

一九六八年「楊上尉」自滇緬邊區撤退來台，之後「李將軍」向當時的國防部長推薦其對共軍反情報的專才，及手上握有多年來在邊區布建的人員名單，遂以少校之位階被編入陸軍參謀本部任職，一九七〇年榮升中校。在陸軍參謀本部時結識小他八歲的「何少校」，兩人成為莫逆之交。

一九七〇年末越戰方酣，「楊中校」受命潛回邊區，取回中共核彈的情報，同行的有「何少校」等四人，一行人潛入瀾滄，會見我方情報人員。「楊中校」此行的任務除了取回核彈情報之外，還要接回這位情報人員。雙方見面之後，立即前往「蒙自」，他們要循著二十年前的老路徑回到滇緬邊區，那兒有一座簡易機場，有一架C-119會在約定的時間來接他們。

一路上一行人默默地走著，忽然前面的斥侯做出手勢，原來有一個中共的邊境巡邏小隊就在他們必經之路紮營，人數約有八、九人，眼看若要繞路而行勢必趕不上飛機，於是「楊中校」便下令攻擊。

三把五七式步槍外加三把手槍對上八把AK四七，「楊中校」決定用三把五七式步槍遠控現場，同時以三把手槍衝入現場壓制，一陣硝煙過後，共軍有三人傷亡，他們俘虜了另外五人。「楊中校」正在傷腦筋該如何處置這些俘虜時，忽然從黑暗中飛來一個黝黑的物體，落在「何少校」腳邊——原來尚有第九名漏網之魚的共軍，當稍早在槍戰時，正好在一旁抽菸，身上沒帶槍，只有手榴彈，便朝「何少校」等人丟了過來。「楊中校」定睛一看，竟是一枚手榴彈，便上前跨一步推開「何少校」，然後拾起手榴彈向前扔出，手榴彈卻在此時爆炸了。

那名共軍立刻被五七式步槍擊斃，但「楊中校」卻因手榴彈在至近距離爆炸而身受重傷，奄奄一息，他只交待一、兩句話後就在「何少校」的懷裡斷氣了。

一群人到達簡易機場，「何少校」依「楊中校」的吩咐，將他葬在簡易機場旁的他妻子的墓邊，接著一行人懷著悲傷的心情，坐上返回台灣的飛機。

小楊（「楊中校」的兒子）悲傷地接受這個噩耗，他知道今後他在世界上唯一的親人便是國家了。第二年，他初中畢業後立即投考軍校，「反共」是他父親唯一的遺願，也是小楊一輩子的信念。

軍方將「楊中校」追贈為上校。「何少校」升為中校後，念念不忘「楊中校」的遺願，從此便一路照應小楊，小楊也不負所望，以優異的成績從官校畢業。畢業後「何中校」把他推介給「王將軍」，請「王將軍」繼續栽培，「王將軍」就把小楊留在身邊。一九七六年「王將軍」奉命成立一個專門研究諜報行動的工作小組，小楊就列名其中；一九七九年小楊因主筆一篇文章而獲領袖召見，經領袖垂詢小楊對諜報工作的獨特見解，結果大獲領袖讚賞，將他連升二級，並交代小楊準備進入一個新單位，繼續為國效命。

原來領袖最欣賞的是「諜報與民心」、「諜報的前置戰略」這兩個論述，與領袖長期以來的感觸不謀而合，遂決定設立一個新單位從事專門研究。

領袖命「王將軍」的親信「黃上校」帶領小楊成立「泰山計畫籌備小組」，時為一九七九年十月。

一九八〇年七月，一篇在《青年戰士報》的投稿引起了小楊的注意，題目為「如何辨識匪諜」，其精闢的巧思，令小組眾人拍案驚奇。一查之下，文章是一名準大學生所撰，而且他還是「王將軍」列名保護的人。

「黃上校」決定要見一見這個學生，於是「黃上校」就趁這個學生上成功嶺之時，把他帶到林口。在交談中，學生又提點「黃上校」如何用「打草驚蛇」的方法捉匪諜，接著又談了一些別的事，然後「黃上校」就把學生送回成功嶺。

一週後，「黃上校」與小楊用「打草驚蛇」之計破獲了全國各地的九個共諜網，逮捕了三百八十二名潛台的共諜，此舉使得共諜在台的實力至少削減九成。

領袖對此深感欣慰，並做成決定：「泰山計畫」進入實行階段，並調回「何中校」，讓他晉升上校，統領一支祕密部隊，名為「陸戰隊特戰旅」。並將小楊晉升為少校，擔任「何上校」的參謀。

一九八二年三月，領袖召集「陸戰隊特戰旅」的核心軍官們，批示因為有人提出「戰術改變戰略」（小楊直到三十年後，才知道提議的人就是那個學生），領袖說：「一切歷史功過，全由我一人承擔，為了中華民國未來二十年的和平，幹吧！」這就是「天罡計畫」。

「天罡計畫」填補了「泰山計畫」長久以來的安全疑慮，一九八三年領袖派「王將軍」遠赴南美開闢「新領土」，即是因為解決了這個問題。

一九八四年，保防最嚴密的「天罡計畫」一切就緒，同年十月台灣開始執行有史以來最大膽與規模最龐大的軍事行動，到了一九八六年十月「天罡計畫」執行完畢，十月十日在林口舉行誓師大典，宣告為期四十年的「泰山計畫」正式開始倒數計時。

一九八七年，小楊已成為「楊中校」，十二月五日獲薦前往「新領土」成為「戰略發展委員會」的委員，更受命領導「泰山計畫委員會」。

「楊中校」在前往「新領土」的途中，在巴拿馬巧遇「虎」，也就是當年投稿《青年戰士報》的那個學生。「楊中校」本以為「虎」在新武器方面對國家有巨大貢獻而受邀，但與「虎」長談之下才發覺他與自己都懷著國家交付的祕密任務，更重要的是「虎」那種「以進為退」的精神與自己不謀而合，讓「楊中校」感到自己並不孤單，也不瘋狂。

在「新領土」結束會議後，兩人一個往東、一個往西，各自去執行任務了。

一九九六年「楊中校」晉身「上校」，並負責組訓陸戰隊第二特戰旅，以便接收二百八十八枚各六十萬噸級的戰略巡弋飛彈，一九九九年全部接收完成後，中華民國就有了核子嚇阻武力了。

此型飛彈速度五點五馬赫，採高空高速穿透，以當時的技術根本無法攔截，而其一千六百公里的射程更涵蓋了中國大陸東半壁的所有城市，且飛彈部署在台灣東北角至東南角，以及中央山脈山陽與山陰的數十座祕密基地中，更有裝載在行駛中的偽裝車輛裡，所以敵人難以作全面性的先制攻擊。靠陸戰隊第二特戰旅，中華民國可維持最少二十年的戰力優勢，而指揮官正是「楊上校」。

二〇〇一年台灣派出「死間」，在中國方面的默契下，開始為期六年的「天罡計畫」撤回行動，撤回的物件由「楊上校」全權負責，最後其中的「X-5」全部送往日本交由「虎」使用。

從此「楊上校」便擔負著中華民國的興亡重任，而他的命運也與國家緊緊地繫在一起。

第二章　民主自由與共產極權

民主自由共產極權最基本的差異，在於統治下百姓的待遇。「生活的目的，在增進人類全體之生活；生命的意義，在創造宇宙繼起之生命。」生存的意義在競爭，要想出人頭地，必須爬得比別人高，這是在自由民主社會的生存態度。而在共產極權社會，生命之意義在為黨做出無條件的奉獻，生活的目的在為群體做犧牲，生存的方法是鬥爭，把別人壓低，自己便可出人頭地。

一九四九年，中華民族一分為二，兩個理念截然不同的政體隔海分治。前三十年彼此對立，毫無轉圜的空間，在一九七〇年代中期，兩邊的第一代領導人相繼辭世，經過一段政權轉移的過渡期後，台灣方面先選出第二代領導人，此人心思縝密，心中早已打定主義，放棄「漢賊不兩立」的極端思想，但他卻一直隱忍到氣候已成，才公布自己的理念。而對岸在幾年之後也提出「改革開放政策」。自此，兩岸表面上開始進入和平發展與競爭的新時代。

事實上，中華民國的反共決心從未動搖過，一九七〇年以前，台灣第一代領導人念茲在茲「反攻大陸，奪回政權」；一九七〇年以後，已放棄反攻大陸，但也逐漸明瞭「共產主義」違反人性，遂更堅定「反共」的決心，並誓言要讓「自由的種子」在台灣開花結果。

台灣的第二代領導人在一九七〇年代末期，即國際情勢對台灣最不利的時期就任，遂逐步改變了中華民國整體的戰略方向，也祕密替台灣人民買了雙重保險。

無奈造化弄人，一九八〇年第二代領導人接獲一份機密報告，得知日本將對中國進行毀滅性的侵略，並將台灣做為其借刀殺人的工具，於是一九八一年領導人決定：「不容異族借我們的手去屠殺我們的同胞。」

自此，台灣當局又改變了國家方針，在一九八二年底制定了釜底抽薪的「紅日計畫」，並在第二年派親信「王將軍」遠赴南美執行「新領土計畫」。

一九八八年「紅日計畫」設置完成，此後，只要日寇膽敢對中國動手，日寇的首都就會掀起翻天覆地的變故，接著在一九九五年特意曝光「東京沙林毒氣事件」，打亂了日本的「侵華計畫」。自一九八九年至二〇〇八年的二十年間，中國一直在台灣的暗中保護下而不自知。

一九八〇年代挾著「福克蘭海戰」大勝的餘威，英國的「鐵娘子」到中國談判「香港問題」，沒想到卻在中國人民大會堂前跌了一跤，連帶把香港也丟了，與中國簽定一九九七年歸還香港的協議，不久之後中國又與葡萄牙政府簽定一九九九年歸還澳門的協議。

從此中國揚眉吐氣了，開始以強國人自居。一九九七年、一九九九年香港與澳門相繼回歸之後，中國更是趾高氣昂，再加上經濟改革開放以來，中國挾著強大的勞動力，一躍成為世界第三大經濟強權，自此中國更是氣焰高漲、不可一世。

到了二〇〇七年，「新領土」眼見日本的計謀越來越毒辣，一旦發動之後，恐怕會造成中國數千萬百姓的死傷，而中國卻仍懵懂不知禍事將至，「新領土」決定派「元」將日本的陰謀告知中國領導人。其實「元」是「新領土」的第三號人物，二〇〇一年受命以「逃亡」的名義潛至中國大陸，執行「天罡計畫」的撤回任務。

至此，中國才如大夢初醒。自己只顧著作「強國夢」，卻不知近鄰長期覬覦，而自己卻是那麼地不堪一擊。在「元」的幫助下，中國在二〇〇八年證實了日本人的企圖，中國軍委們一致決議要將日本從世界地圖上抹去，而「元」卻在二〇〇八年九月被暗殺了。

「元」一九四五年出生於台灣南部貧窮農家，在他之下尚有兩位弟弟、三位妹妹。他自幼勤奮向學，師專畢業後本想到家鄉的一所國中教書，以分擔家計，卻被小姨父（即「虎」的父親）反對，並資助他北上進入中央警官學校。

一九七五年「元」任職刑警大隊小隊長期間，被「王將軍」吸收，成為中華民國「死間」的一員，從此他便官運亨通，自地方進入中央，再自中央進入地方。他擔任過地方民意代表，後來再成為中央民意代表，最後因「貪汙」潛逃中國。

事實上這一切都是奉命為之。一九八三年，他是第一批隨「王將軍」前往南美的「新領土中央委員預備軍」；一九八四年，「元」親奉領袖命令執行「天罡計畫」，並受命十五年後再赴中國大陸撤回。

二〇〇一年「元」奉命依計畫前往中國，二〇〇七年已撤回所有的「天罡計畫」後，又留在大陸幫助對付日本，沒想到卻在二〇〇八年被自己的親手足害死，原因是「元」不願透露「天罡計畫」的細節。

「元」一生不愛名利，不計毀譽。在仕途如日中天時，毅然身入染缸，寧受萬人唾罵，亦不求死後平反。唯留一縷忠膽魂，映照著其一生的高風亮節。

二〇〇九年，「虎」以加密的電子郵件與中國領導人連絡，繼續提供日本的侵華情報；二〇一〇年，他告知中國領導人有關日本人的「毀滅三峽大壩計畫」，並準備提供

「耐EMP反彈道飛彈系統」給中國，這是兩岸第一次軍事合作。

「虎」接著在二〇一三年又告訴中國，如何反制日本的生化武器，並使日本自食惡果。果然，日本在二〇一四年以後澈底放棄了使用生化武器攻擊中國的計畫。

第三章 泰山計畫

「現今我們面對的是一個統治人口多我們數十倍，又是同文同種同血脈的政權，數十年來我們的諜報工作一敗塗地，該有所改變了。對付這樣的敵人，我們的著眼點應放大，從戰略著手，未雨綢繆，興舉國之力為之。如果我們只在乎幾個優秀的情報員偶而為我們帶來戰術上的成功，那是沒有用的。」

就是「小楊」這短短的幾句大不諱的話，深深地打動了領袖的心，因為領袖也有著同樣的想法。

「說吧！你有什麼主意？」領袖說。於是在一九七〇年代開始，有了「泰山計畫」的發想。

一九八二年中華民國有了新的戰略武器；一九八六年又完成了「天罡計畫」的部署，使得「泰山計畫」得以開始執行。

領袖曾對「泰山計畫」的成員做過訓示：「在平常大聲疾呼『反攻大陸』、貌似誓死效忠的人，大都是在局勢改變之時，第一個背叛的人。反倒是平時對『民主』提出質疑的人，在國家緊要關頭時會挺身而出，捍衛『民主』。」楊少校（小楊）永遠不會忘記領袖的這番話，歲月的洗禮，使他更能拿捏分寸。

「泰山計畫」分為兩大部分，硬體方面除了保障台灣在一九八六年以後的四十年中，力抗中共侵略所需的嚇阻能力，更要厚植實力，以備四十年後台灣作出抉擇時可能發生的兩岸決戰。

為了防止台灣本島遭到突襲，或是各政府機關被滲透，導致國旗對插，當時也做了最壞的打算：

第一，當年剩餘的氫彈統合成一顆兩百萬噸級的熱核武器，裝置在全國最高政府機關的頂端，隨時可以引爆；另在全國七十二個重要地點布下大量的毀滅性毒物，可即時施放。到了二〇一六年時把這些裝置全部解除，取而代之的是在台北、台中、高雄三地各選一座高樓頂樓，各裝上一枚十萬噸級的「融合型中子彈」，也是隨時可以引爆。這就是如果「泰山計畫」未能維持到四十年而被迫中斷之時將會發生的結果。

第二，軟體方面，首先盡力肅清共諜，只留一至二個未被打草驚蛇的共諜，嚴密監視，不使其接觸我方機密，在必要時才透露我方想給對岸的「機密」，直到該名共諜即將逃出我方的掌控之前，再予以逮捕。

在軟體方面最大的工程是「訓練」。「泰山計畫」一共訓練出四名「死間」，一九八七年六月派出了第一名「死間」到「聖彼得堡」，一九八九年任務完成，這是中華民國最機密的一件事，但從一九八九年歐亞兩洲所發生的大事可見端倪。

一九八七年十一月派出第二名「死間」前赴東亞，執行「刺客」任務，二〇一〇年該員受重傷回台，但仍在二〇二〇年八月完成任務。

一九八八年又派出第三名「死間」前往美國，執行「叛諜」任務，也圓滿達成目標。

二〇〇一年又派出第四名「死間」前往中國進行任務，卻在二〇〇八年任務完成後被暗殺。

另外又訓練了四名「反間」，在二十世紀末「叛逃」到中國大陸。

第三，「泰山計畫」的另一訓練則龐大多了，一九八六年領袖對「小楊」說：「我們不能一直自閉於中國之外，我打算開放探親、觀光及投資，促進兩岸交流，並在台灣解除戒嚴，讓我們的民主成果日後在中國大陸遍地開花。但長久以次，必然有一些投機分子把我們的寶物和資料帶過去投共。你有什麼看法？」

「小楊」說：「我們就用兩倍的數量來稀釋它。我們可以在事前訓練將來有相對身分的人順勢『投共』去，不求搜集情報，反要提供『情報』給中國大陸的人民。但這一大批人必須各別訓練，不使其知道其他人的存在，而以為自己是唯一。」

領袖說：「那可是一件大工程，去辦吧。」

經過十多年的訓練，一批又一批的人員出發前往中國大陸去了，其中有商途不順的生意人，有官場失意的落寞政客，有星路已斷的退役將領，這些人在大陸的一致說法是：「台灣的陸軍不堪一擊，若戰爭打到台灣本島，那這場仗也不用打了。」這一直是共軍對台灣陸軍的認知。

台灣有一些卑鄙下流的人，一心以為只要自己夠無恥，出賣國家同胞，便可在大陸吃香喝辣，沒想到好景不常，從台灣來了一批又一批的人，其無恥更勝一籌。

自一九九七年以來的這段期間，中國當局收買了無數台灣商界、政界、軍界的人士，所得情報諸多繆誤、相互矛盾、不知所從。而那些台籍人士卻已取得進入中國社會各階級的門票。

「泰山計畫」的宗旨是「確保國家到二〇二六年，讓台灣人民做出自己的決定」。

從「泰山計畫」開始實行後的四十年中，第一個十五年，用了最偏激的手段來保護中華民國，以致一九九六年「台海危機」發展到最緊張之時，領袖指定的接班人公開對老百姓喊話：「不要怕，我們有十八套劇本等著他們。」二〇〇一年以後則是靠實力嚇阻來保障台海的和平。至於為了防止意外所做的「玉石俱焚」措施，到了二〇二六年就會全部解除。

在「泰山計畫」執行之前，領袖有鑑於兩岸戰略力量的不對稱，最後不顧毀譽地執行「天罡計畫」，一人扛起歷史的功過責任。

而事實證明，「天罡計畫」給了兩岸二十年的時間，和平地各自發展，樹立世界的兩大奇蹟。這是領袖留給台灣人民的最後禮物。

第四章 內賊

一九九八年「楊上校」（小楊）的直屬長官「何中將」高陞為陸戰隊司令，特戰旅就由「楊上校」任職指揮官，並於二〇〇五年升任少將。

二〇〇八年台灣新政府的領導者剛上任便急赴南美訪問，其目的就是覬覦「新領土」，竟異想天開地要把「新領土」據為己有，事敗回台之後又轉向「何中將」下手。「何中將」寧死不屈，二〇〇九年他竟遭人誣陷貪汙而被偽裝自殺未果，遂提早退休。

因此，二〇一〇年以後，「楊少將」實質上已是「泰山計畫」的最高領導人。

「虎」在二〇〇九年為了調查表兄遇害事件，在吉隆坡受到伏擊，主事者竟是中華民國軍方高層會同中國解放軍。經過「新領土」的調查，發現跟「何中將」一案互有關連，由此研判「何中將」的「自殺」事件必有蹊蹺，因為事發至今已無人得見「何中將」。

二〇一〇年二月，「虎」受「楊少將」之託回台營救「何中將」，「楊少將」告訴

「虎」整件事的軍方主使者是一名退役的陸軍上將，此人自「王將軍」死後已無人能制衡他，但「楊少將」給了「虎」一個法寶。

於是「虎」寫了一封信並附上一份文件給那位陸軍上將，要他五日後到濟州島相見。

五日後，到了濟州島，上將竟然帶了一對夫婦同來，這對夫婦聲勢如日中天，在台灣無人不識，「虎」一見之下，登時明白了：「他們全是一丘之貉。」

上將已垂垂老矣，卻又一副野心勃勃且盛氣凌人的樣子：「現在已請來你的上司，命你將事情從頭到尾照實說來。」

「虎」不屑地說：「呸！別說你們不是我的上司，就算是，軍人也不用理會上司所交待的叛國任務，就憑你們一條老狗和一對狗男女，也想命令我嗎？也許你們心想反正我不能活著離開這裡，那我們就來試試看！」

「虎」說完立刻一起身，以迅雷不及掩耳之勢打了上將一巴掌。

上將立刻大喊：「來人！」才發覺帶來的四名保鑣已被制服。上將等三人見狀臉色大變，尤其那對夫婦更是嚇得手足無措，急說：「你到底想要怎樣？」

「虎」說：「別急，先讓你們聽一段錄音。」接著他播放了一段上將去年到中國與四川軍頭密談的對話。

大家聽完錄音之後，「虎」說：「這段錄音如果公開的話，不只你兒子的政治生涯會結束，你們的新主子也不會再要你們，恐怕連他自己都自身難保。我的要求很簡單，不准打折扣，立刻放了何中將，永遠不准騷擾他。」

那對夫婦望向上將，上將點頭道：「好，但今天的事不可洩漏出去。」

「虎」說：「哼！你們這些人幹了那麼多骯髒事，自然有人收拾你們，我才懶得理會。」「虎」說完後便揚長而去。

第二天，「何中將」被放出來了。可憐這樣一位有實戰經驗、功勳彪炳的堂堂指揮官，經過反覆的拷問凌虐之後，已成了一個奄奄一息的老人。他拒絕了「楊少將」將他安置在「新領土」的提議，堅決留在台灣，「楊少將」只好把他送到左營右昌二路就近照顧。

二〇一〇年七月，所有的委員都回到「新領土」了，共同表決台灣的前途，決議先停止與台灣的交流六年。會中「楊少將」與「虎」堅決要回到台灣，盡力避免「玉石俱焚」的情況發生，「楊少將」與「虎」約定四個月後在台灣相會。

十月底「虎」卻失聯，直到二〇一二年「虎」才與「楊少將」連絡上，但「虎」在失聯前曾打了一封措詞嚴厲的電子郵件（加密）給「中國龍」，也造成中方在二〇一一年底開始整肅四川軍頭，並將四川軍頭在解放軍中的勢力連根拔除。所以台灣的那三個賣國賊便不敢蠢動，他們急於接洽新主子而未果，因為沒有人會相信立場反覆的小人。因此台灣就在爾詐我虞之下，平安地渡到二〇一六年。

原來「虎」在二〇一〇年十月底在日本遇襲而身受重傷，當時只說出「回台灣」三字，十一月十一日「陳少尉」費盡心思才把「虎」救回高雄。「虎」因頭部受創出血，傷得實在太重了，所以直到二〇一二年才和「楊少將」連絡上。「虎」因自己任務未完成，所以拒絕將自己置於「楊少將」的保護之下，只告訴「楊少將」：「戰爭近了。」

「戰爭近了」，「楊少將」何嘗不知，但這四個字自「虎」手中寫出來更令人觸目驚心。這些年來日本不斷加緊侵華的腳步，自以為神不知鬼不覺，看在「楊少將」的眼裡真是令人火冒三丈，尤其是日本想用台灣做為它的替死鬼，卻渾然不知中國已決定要把日本從世界地圖上抹去。

「楊少將」與「虎」並非從屬關係，所以「楊少將」就請「虎」與「中國龍」保持連絡，切莫讓日本人從中挑撥。「虎」在二〇一三年教「中國龍」對付日本生化武器的方法，遂逼得日本人於二〇一四年完全放棄使用生化武器的計畫。

二〇一六年五月台灣新領導人訪問南美，同年六月「新領土」重新開放與台灣間的交流，從此「楊少將」更能得心應手地進行工作。

二〇一七年中國決定化被動為主動，打亂日本的既定步驟，遂由「虎」代表「新領土」與中國及台灣共同打擊日本的經濟。經此一連串的打擊，日本實在撐不下去了，竟在二〇二〇年七月底發動「中日戰爭」，幸而中國與台灣早有準備，在短短的兩個月內就把日本打得從世界上消失了。而「楊少將」也晉陞為「楊中將」。

這場「中日戰爭」中，台灣台中受核彈攻擊，及台北受到轟炸，共死傷七萬多人，財產損失不計其數。而日本則是死傷眾多，人口只剩下一千四百多萬人，聚集在四國並成立中立國「百合之鄉」。但才經過一年多休養生息，中美之間又起戰端，初時台灣堅守台海的中立立場，後因美國冒中國之名以核彈攻擊台灣，造成台南四萬五千人死傷，又自台灣南端海域發射核彈攻擊中國，意圖造成台灣核攻擊中國的假象，逼得台灣被捲入戰爭。

此次戰爭中「楊中將」指揮巡弋戰隊，俘虜了「海狼級」，擊沉了「俄亥俄級」飛彈潛艦，並以巡弋飛彈攻擊美國（但是美國始終不知道是台灣幹的），嚇阻美國對中國全面的核子攻擊，暗助中國打贏了這場戰爭。卻也為了阻止中國對美國的核子屠殺，而與中國結下了心結。

台灣經此一役，又受重創，桃園、台中、台南受到核彈爆擊，死傷直逼一百萬人，這次台灣實在是代人受過。「楊中將」希望中國能從永遠不可能實現的「統一夢」醒來，別再恩將仇報。另外，「楊中將」也要為二〇二六年底到期的「泰山計畫」開始做準備了。

第五章 新科技、新武器

決定戰爭的勝負，有軟體和硬體兩方面，但無論如何戰爭都要靠硬體來做最後的收拾。

「新領土」自一九八六年以來，窮精瀝血為台灣的國土安全做出貢獻，以下僅就十一項硬體的代表創作逐一簡介：

一、金屬融合彈：一九八〇年「虎」發明淬取「X－5」的簡易方法，後來交由「王將軍」帶回進行濃縮，在一九八二年於南印度洋成功試爆了世上第一顆金屬融合彈。「X金屬」含有極微量的同位素，其中以「X－5」最多及最安定。所謂「X－5」是指其中子數多於質子數五個的同位素，兩個「X－5」的原子經融合時會成為另一個重金屬及釋放十個中子與大量的能量。

「虎」在第一次見到「王將軍」時曾說：「金屬融合的威力比鈾分裂大上一百倍。」事實上，一公克「X－5」的威力等於同重量的鈾威力的八百五十倍。

自一九八二年以後，台灣自此擁有了保命的最後王牌。三十年後更以人工方式生產出「X－29」，進而製造出「融合型中子彈」，「融合型中子彈」已接近「終極武器」的邊緣了。

嚴格說來，「X－5」並不是「虎」發現的，「虎」只是突發奇想，勇敢又成功地跨出第一步而已。後續作業則全靠國家團隊努力不懈，才有了辛苦結晶。

「X－5」的半衰期為四十七萬年，在常溫下為固體，性質穩定，所以遠比重氫優異。每兩個「X－5」融合時會產生1.2×10^{-11}耳格的能量，而且「X－5」可無限制地增加而擴大威力，只要「X－5」不要被爆風在熾燃之前吹離即可，而這是很容易做到的。

「金屬融合彈」是台灣所有戰略的基石。

二、TML：一九七九年「虎」為了研製火箭引擎所需的高效能推進藥，獨力發明了八氨基硝化物，但由於個人無法大量生產，所以在一九八〇年寄了工程方程式給「黃上校」，希望能借國家之力生產。但可能是「虎」對於方程式的解說不夠明確，以致當時以失敗收場。

到了一九八八年「虎」在「新領土」重提此事，才由「先進發展委員會」的化工專家重啟研究，不但在隔年取得成果，並在一九九五年依此為基礎而製成「TMX」高爆藥。其差異在於緩衝劑的抽出，但「TML」系列的產品一直無法大量生產，所以直到二〇一三年才正式使用於二十七㎜蓋特林快砲上，二十七㎜快砲使用TML後，其彈筒的尺寸可縮為三十二乘以一百五十㎜，如此可以大幅減少機砲組的重量及增加攜彈量，同時，二十七㎜機砲是防衛型武器，較無洩密之風險。

接下來使用在「箭二型」及後續系列的陣列式紅外線對空飛彈，二〇二〇年更首次將TMX製成近發彈頭，裝在「匿踪戰機」所使用的「箭五型」上。海軍則配合台灣島內自行研發的「疾風」反艦飛彈，在其上裝設兩百公斤TMX彈頭，使得「疾風」反艦飛彈只要一枚就可輕易擊沉萬噸級以上的船艦，更可輕易撕開千噸級的船艦使它成為兩半。一枚「疾風」反艦飛彈就足以癱瘓美國的航空母艦，威力驚人。

陸軍則是研製了一款九〇／七十五倍徑戰車砲，其彈頭威力相當於一顆八英吋榴彈砲。但其彈筒尺寸卻只有九十乘以四百二十㎜，又設計了一款「飛虎」戰車，重僅十九點五噸，鋁合金車身，尺寸為「M-60」的二分之一，使用自動裝填，僅需三名乘員，將在二〇二三年服役，全車備彈量九十發爆震彈，只要一發擊中美軍的M1戰車，它的「查布漢」裝甲就像雞蛋被石頭砸中般的不堪一擊，是威力強大的反登陸利器。另又製成步兵用的六六火箭彈，威力大於現役的一五五榴彈砲，可大幅提高步兵的火力。

二〇二三年海軍又配備一型九〇㎜快砲，也是用TML／TMX所製成，可用於制海、反登陸、岸轟。

TMX是一種革命性的產品，一旦問世勢必造成世界上的武器革命。「新領土」希望多保有數年的優勢，所以對TMX的使用非常保守。

三、高超音速衝壓發動機：一九九〇年代台灣的超音速衝壓發動機研發計畫已進入實用階段，一九九六年更製造出第一代超音速巡弋飛彈。這型飛彈是台灣第一種戰略武器，搭載一枚六十萬噸金屬融合彈，速度五點五馬赫，射程一千六百公里，它保護了台海超過十五年的和平；二〇一四年又全部換裝成「隱形巡弋飛彈」，並加裝「分流噴嘴」，使其速度增為六馬赫，射程增為一千八百公里；二〇二一年新型潛射巡弋飛彈又投入服役，搭載六十萬噸至四百萬噸金屬融合彈或融合型中子彈，最高射程五千六百公里，搭配在「鯨魚級」潛艦上。

此一發動機的另一特點是其所擁有的耐超高溫噴嘴，其材料用高溫分層堆積結晶所製成。

這一系列的巡弋飛彈構成了台海戰略嚇阻的核心。

四、主動匿踪：這是由「虎」提出構想及自行研發「π形波」的存在，所設計的全新技術。其原理是在飛機周邊以「π形波」形成一個「電磁波黑洞」，而「π形波」卻可在五百公尺內消耗殆盡。

二〇〇〇年「虎」向「新領土」提出「主動匿踪」的構想，立刻獲得「先進發展委員會」的讚賞。經過一年多的反覆試驗，證實這一個驚人的創舉確實可行，於是「先進發展委員會」傾全力發展。

二〇一〇年先發明了「靜電磨擦發電產生法」，遂先行設計了「隱形巡弋飛彈」；二〇一二年又解決了高效率發動機的問題，終於設計出「匿踪戰機」，使得「隱形巡弋飛彈」與「匿踪戰機」分別於二〇一三年與二〇一四年移交台灣服役。這兩項產品領先世界技術至少二十年。

二〇二一年又提出「潛射隱形巡弋飛彈」，其最大射程為五千六百公里。「隱形巡弋飛彈」是中華民國最重要的戰略資產，也是自由民主的最後一道防線。

「主動匿踪」是一種跳脫舊思維的創新理念，需先理解電磁波的第四維（時間）的觀念。「主動匿踪」是在自身四周數百公尺的範圍內製造一個「人工電磁波黑洞」，使得自某一波長間的電磁波一進入此空間即消蝕得無影無踪，這就是「主動匿踪」。

五、融合型中子武器：二十世紀末「新領土」開始從台灣提煉一種前所未有的人工同位素──「X－29」。

一九八〇年代，「新領土」的研究團隊已測錄到金屬融合彈爆炸時會先放出一輪強力的中子流，卻又不留痕跡，沒有殘留放射線。研究團隊便利用製造「X－5」時的副產品「X－13」做成第一代的「融合型中子武器」，但其爆炸的威力太大了，因此亟需尋找一種爆炸威力較小而中子流更強大的原素來製造「融合型中子武器」，「X－29」就是在這種時空背景之下以人工合成的產物。

「X－29」是以「X－3」為基石，由台灣撥出六座核子反應爐，以「X－3」做為圍阻體，長時間接受中子照射，經五年的浸潤再取出濃縮而得。

「X－29」的爆炸威力只有約「X－5」的六十分之一，卻有近乎六倍的中子流，「新領土」將「融合型中子彈」制式化為十萬噸級，所以一顆「融合型中子彈」的中子殺傷力約等於一顆三千五百萬噸的金屬融合彈的中子威力。又因「金屬融合彈」只需在五千公尺以上高空爆炸，所以對地面的建物可免除大規模的破壞。

「融合型中子彈」的中子來自融合中心，爆炸時中子挾帶無與倫比的龐大威力，且密度極高，向四面八方迸射而出。一顆「融合型中子彈」在地面上空五千公尺爆炸，可造成地面方圓五十公里內及地下二十五層樓深的一切人畜死亡。

中子，由於本身不帶電，不具極性，所以除了直接撞擊之外，無物可敵，所向披靡。「融合型中子彈」爆炸時，會先發出一輪耀眼的、近乎白色的強烈銀光，當者立殞，所以稱之為「死光彈」；中華民國自二〇二一年開始部署，又在二〇二四年製成五萬噸級的融合型中子彈，可用於戰術核子武器。

六、九霄之眼：二〇〇四年「新領土」開始規畫自己的衛星導航系統，以備戰略巡弋飛彈之用；二〇一三年已小有成果，二〇一四年開始建構全球低軌道間諜衛星網，預定發射二十八顆低軌道衛星；二〇一七年修改尚未發射的八顆並增加二十六顆，預計二〇二三年全部發射完成。

增加的功能主要是「衛星即時目標追踪系統」，這個系統只為一樣武器而設——「疾風」反艦飛彈。二〇一七年「新領土」與台灣共同研發這型飛彈，此型飛彈使用兩百公斤的TMX彈頭及一百八十公里射程TML固態火箭。

台灣一直以來都是靠美國提供早期飛彈預警情報，這等於是把自己的命脈掌握在美國人的手上，二〇一八年「新領土」決定自行研發獨立的預警系統，以致後來將預定二〇二〇年起增加發射的二十六顆間諜衛星都加上預警功能。二〇二二年起，台灣成為世界上第五個有獨立預警系統的國家（果然二〇二二年美國提供假的情報給台灣，以栽贓中國核攻台灣）。

「疾風」飛彈是世上第一種衛星導航的武器，二〇二二年新的衛星又加裝「隱形戰機」所需的導引系統，從此「隱形戰機」可以不需要預警機而飛至敵區執行任務。

七、弧電動力潛艦：二十世紀末台灣亟需尋找一種柴電潛艦，以填補海軍的防禦空隙，卻又受限於美國，因美國本身已不生產柴電潛艦，卻又想獨占這一筆龐大的軍火利益，便希望經由美國向他國訂購再轉賣給台灣，但一直沒有合意的對象。而台灣心知肚明，只有「國艦國造」才能自救，雖然明知這條路走來遙遠又艱辛。

一九九九年「新領土」下令研發新型柴電潛艦，共分四大方面開始研發，一是船體系統，二是動力系統，三是電力系統，四是武器系統。每一系統都必須超越現有的科技性能。

首先，在船體的鍛造技術方面取得突破性的進展，再來是台灣在軋鋼方面已達世界第一流的水準。二〇〇八年接獲動力研發部門通知，船體將有革命性的創新成果，將首先採用三船體設計，艦身總排水量介於四千噸至五千噸之間。

原來動力研發部門已決定採用一種新式「電磁推進」法，新造的潛艦將沒有推進螺旋槳，船隻前進、後退全靠裝在第一層艙壁的數萬片「超導體冷卻電磁推進」元件所推動。

初始設計出來的潛艦為五千噸，備有一具內燃機及一具絕氣內燃機，另有數量龐大的蓄電池，潛航最大速度為二十五節，只用絕氣複合引擎的電力時為十節。這型潛艦的最大特性就是潛航時無聲無息，以致任何被動偵測器都無法得知它的存在。

二〇一一年「新領土」的「戰略發展委員會」提出了新的戰略需求，對潛艦的需求分成兩路：一是九千噸級「戰略巡弋飛彈潛艦」，二是五千噸級「攻擊潛艦」。因此原有的柴電動力系統已不敷使用，勢必要另闢蹊徑，但又要排除核能動力。

「先進發展委員會」又把焦點拉回到另一個研究團隊的身上，他們研究的是新型的蓄電方法。「先進發展委員會」集全力研發這個項目，二〇一三年終於有了突破。

數年前「先進發展委員會」有人提出「電弧蓄電法」，假設有某種重金屬在汽化的狀態下，可用電子將它離子化，則可使它處於不穩定、欲奪取自由電子的狀態中，如此便可貯存電力。驗證過此一原理，找出最有效率的重金屬元素後，接下來就只剩增加效能而已。

二〇一五年已發展到每一蓄電單位可達八十萬度，距理想只剩最後一里路了，便將蓄電器規格置入新型潛艦的設計圖中，準備建造了。那是因為潛艦的建造需費大約五年的時間。

二〇一六年台灣已建造了四個超級船塢，便接下了四艘戰略潛艦的訂單；二〇一八年建造了六座較小的船塢，遂又再接下另外十艘攻擊潛艦的訂單。

這兩型潛艦除了戰略潛艦載有三十六枚「潛射巡弋飛彈」（SLBM）之外，兩型潛艦都配備了新式「噴射魚雷」及脫離戰場用的「噴射引擎」。

電子偵測方面則具備了二十一世紀的先進技術，但因水文資料不足，預計初期只能在台灣周邊活動。二〇二〇年中華民國海軍俘虜了日本的「春潮級」潛艦，初步得到了太平洋周邊的水文資料及各國潛艦的聲紋資料；二〇二二年「飛魚二號」又俘虜了美國「海狼級」潛艦，從此中華民國海軍可以馳逞七海，對抗世界各國的精銳海軍了。

二〇二一年一月、六月、十二月，接連三艘「戰略巡弋飛彈發射潛艦」下水，第四艘將於二〇二三年下水。這一型命名為「鯨魚級」的潛艦，潛航排水量九千八百噸，極速為四十三節，使用噴射推進器時（只能持續十二分鐘）最高可達六十八節。艦背中段有三排、每排各有十二個飛彈發射口，中央的一排較另兩排長一點二公尺，共可搭載二十四枚射程二千八百公里及十二枚射程五千四百公里的「隱形巡弋飛彈」。另外，艦上也配有自衛用的「噴射魚雷」。

二〇二一年十二月攻擊潛艦也陸續成軍服役了。這一型潛艦被命名為「飛魚級」，潛航排水量五千八百噸，潛航極速四十五節，使用「噴射推進」時可達七十二節。艦上主要武裝為六個「噴射魚雷」發射管，配彈量八十枚，魚雷速度一百二十節，威力強大，是世界首見的可怕武器。「飛魚級」第十號艦（最後一艘）於二〇二四年完工下水。

本艦有數十個蓄電單位，每個蓄電單位可蓄電一百二十萬度，故可提供潛艦一百八十天作業所需的電力。

八、疾風飛彈：二〇一四年「新領土」見「ＴＭＬ」、「ＴＭＸ」的產量已足夠再另外製造一項武器，便全力研發一款蘊釀已久的精準制海武器，二〇一七年完成之後命名為「疾風飛彈」。

「疾風飛彈」全長三點九公尺，彈徑四十八公分，使用ＴＭＬ單截固態火箭引擎，裝載兩百公斤ＴＭＸ彈頭，採用衛星前期目標導引，後期紅外線導引，飛行速度三馬赫，射程一百八十公里。

「疾風飛彈」有岸射、艦射、空射三型，一發射即採低空掠海飛行，由衛星指定飛到一個方圓八公里的目標區，再打開飛彈的尋標頭作終端導引。被飛彈鎖定的目標，只有不到十秒鐘的反應時間。

九、粒子光束砲：一九六〇年代，美蘇超強爭相研發「粒子光束砲」，但兩國同時遇上三個瓶頸：

1.無法在一瞬間提供強大的電力，故而發明了「爆炸發電機」，但其效率差強人意，且又難以重覆使用。

2.當時的光束砲由砲口離開時威力十足，但隨著射程增加，威力卻急速地衰減，這個問題一直無法解決。

3.光束砲是用來射擊高空來襲的飛彈與轟炸機，必須直接命中，以當時的雷達及計算機技術尚難以精確地鎖定目標。同時又需要龐大的發射場地，所以一九七〇年代各國已放棄「粒子光束砲」的研發。

得助於「新領土」發明的「電弧電瓶」，解決了電力不足的問題。每一組光束砲備有四套「電弧電瓶」，可提供十二KV五千萬瓦的電力，每分鐘可放電兩次，足可供光束砲一點八GIGA焦耳的砲口動能。再來才是重頭戲，由附近電廠提供足額的電力，在砲口的前方製造一強大的電磁力場，對光束繼續加速，使光束砲猶如一具巨大的雷擊器，而此雷擊器是受操控方向的。

二〇二〇年代雷達與計算機已發展至可以精確鎖定來襲的彈道飛彈，更惶論轟炸機了，尤其「粒子光束砲」的特性猶如靜電放射一般，在射程內會對金屬物體感應而接觸。所以在正常的情況下，這樣的「粒子光束砲」可以說是百發百中的。

十、台海之星J-79：一九八三年當時中華民國的領導人下令研製噴射發動機，所以中科院就選定了F-104的J-79做為研究改良的基礎。一九八八年領導人辭世，整個計畫就移交給「新領土」繼續執行。

台灣在一九八八年以前已將J-79引擎摸熟，自行完整仿製，完全不成問題，但在一九八〇年代後期J-79已是過時的產物，所以「新領土」決定針對J-79的推力、效率、使用、簡化製成等各方面加以改進。一九九八年「新領土」發明了「電離鍛造法」，可將耐熔點達高溫四千度的新合金鍛接。

到了一九九九年J-79已達到「新領土」的各項要求，遂計畫將其用於中華民國第二代的自製戰機「星式戰機」之上，後來整個計畫延遲，改採延用IDF至IDFP的過渡作法，發動機亦延用「萊康明」系列，但「新領土」仍常年不間斷地對J-79研究改良。

進入二十一世紀，世界各國對發動機的研發，多著重於「向量噴嘴」，其除了可加強空戰時的靈活性之外，最主要是「STOL、VSTOL」（短場起降、垂直起降），J-79的研發團隊卻另尋蹊徑，利用超強的推力重量比及翼面效應來取代向量噴嘴。從「隱形戰機」的優異氣動外形及二〇一五年問世的「分流噴嘴」，可以找到解答。

二〇一七年J-79與新式噴嘴合而為一，以兩具引擎裝於新式戰機的原型機試飛成功了，這一款戰機命名為「星式戰機」，再加上新式的武裝：箭五飛彈、飛箭六飛彈、二十七㎜八管蓋特林機砲，就成了中華民國第四代戰機。後來又針對「星式戰機」設計了一款適形副油箱，可在正常（非用STOL起飛）的狀態下增加八百公里的作戰半徑。

二〇一九年「星式戰機」的各項成績已達標準，於是「新領土」決定在二〇二二年至二〇二五年交付台灣三百八十架，這是用來替代已完全除役的幻象機，及將IDFP、F-16全數改成對地攻擊機。

「星式戰機」全長十二點二公尺，採雙發動機設計，實用升限四萬八千呎，最大爬升率為每分鐘五千五百呎，最低速限一百三十公里，最高速度二點二馬赫，最低起飛距離一百二十公尺。每具發動機的推力平常為七十八仟牛頓，後燃器全開則為一百三十五仟牛頓。「星式戰機」的標準起飛重量是十二點二噸，這使推重比達二點二，最大作戰半徑一千五百公里。

機上所配備的「飛箭六」超高速中程空對空飛彈，是「新領土」的最新產品，採主動雷達追蹤歸向，外形酷似AMRAAM，但尺寸略小，採HML發動機，HMX彈頭，威力約為AMRAAM的三至四倍。極速六點九馬赫，射程一百二十公里，現今世上戰機所能做到的艱難動作，「星式戰機」皆能輕易做到。又有射程二十公里極速八馬赫「箭五型」追熱飛彈，及威力無與倫比的二十七㎜機砲，所以在空戰上幾乎難逢敵手。

機上配置的二十一世紀電子設備仍屬機密，機腹處設有可使用八次的金屬熱焰彈發射器，可有效干擾敵方的雷達及熱能追蹤武器。

「星式戰機」最大的特色是其優異的妥善率，而那是台灣與「新領土」研發團隊三十幾年來的心血成果。

十一、近岸制海艇：這是為因應台灣特殊需求所設計的千噸級船艦，是由「新領土」與台灣中科院在艦體及武器系統分工設計，由台船建造而成。

艦身採雙船體設計，排水量九百五十噸，極速四十八節，作戰半徑兩百公里，艦上固定武裝為艦上一挺九〇㎜快砲，艦尾一具二十七㎜快砲，左右舷各有四具干擾發射器。艦載武器有十二枚垂直發射管，可搭載「雄風三型」及「疾風」反艦飛彈；艦尾可搭載四枚水雷或兩枚主動魚雷。艦上使用兩具燃氣渦輪，帶動兩具抽水噴射唧筒。

值得一提的是，艦上的九〇／七五快砲是特製的TMX／TML加農砲，射速每分二十四發，最大射程二十六公里，彈頭威力相當於一顆八吋砲，無論在制海、防空或岸轟都極具震撼力。

「近岸制海艇」由於是雙船體結構，艦身又經過特別設計，靜止時艦身除了雷達之外只有三點二公尺高，以十四節航行時也只高四點八公尺，所以它的雷達截面積非常小。制海艇低矮的船身，緣自於它獨特的「衛星合一雷達」，艦上只裝設射控雷達，周邊的遠程資料全部由衛星同步獲得。

中華民國海軍在二〇二〇年十月至二〇二一年十二月共接收了八十艘制海艇，在二〇二三年初次執行「靖海行動」所投下的「主動魚雷」，一舉擊沉了十二艘美國的「海狼級」潛艦。

第六章　初踩紅線

二〇二二年十月，中美之戰結束，表面上中國贏了這場戰爭，但骨子裡中國卻是損傷慘重。於是國內鷹派勢力抬頭，這股勢力主要是圍繞在一個人身上——空軍錢司令。

在這次的中美大戰中，陸軍無甚立功，而海軍平時花了國家大把金錢建造的龐大艦隊，一戰而幾乎全軍覆沒，最後全靠空軍擊退了美國艦隊，取得決定性的勝利。（至於最後兩場和台灣空軍的交鋒、中國空軍全軍覆沒的事，中國方面封鎖消息，一般百姓無從知曉，也再無人提及戰爭初期時空軍的猶豫不前。）

在錢司令的心中念念不忘的是，有朝一日一定要狠狠地教訓台灣，以雪前恥。

二〇二二年十一月，中國新領導上任，時值中國百姓處於一種半瘋狂狀態，絕大多數的百姓都認為中國已無敵於全世界，接下來台灣應該要自動歸順了吧。

新主席在就職演說中宣布：「中國將在五年內統一台灣，希望台灣同胞要識時務，這是最後一次和平返回祖國懷抱的機會。」這是數十年來中國第一次官方正式公開聲明「放棄和平統一」，並明定期限將「武力犯台」。

中國這次鐵了心，不惜血洗台灣也要統一兩岸。

面對抉擇的時刻已到來，台灣政府的回應則是撤回全部在中國的台商，用優惠的條件迎回台商及要求所有在大陸的台籍學生、勞動者盡速返鄉，不願回台的，從此不再受台灣政府保護，台灣政府並立即終止一切與大陸的官方及民間交流，兩岸關係急速降到冰點。

「統一」一詞立刻成為中國百姓普遍討論的話題。

「台灣虎」隨即以加密的電郵和「中國龍」連絡。「台灣虎」：「這次你們又誤判情勢了，它的後果不是你們所能預料的，今後我們已不能再通信了，感謝你十多年來的諒解，保重了。」

而「中國龍」心情十分沉重，他非常明白台灣不是省油的燈，也明白有來自台灣境外的一股強大力量（「新領土」）一直在守護台灣，「輕言戰爭」絕對是不智的，但是面對大陸高漲的「統一」聲浪及好戰的鷹派當道，他這個老人也無能為力了。

從此，兩岸的地下熱線就此中斷了。

在台灣民意方面，中國政府又一次誤判台灣情勢。一直以來台灣有著沉默的大部分民眾，這些人平常不表示自己的政治立場，每當中國用恫嚇的語氣威脅台灣，立刻就把這些沉默大眾逼到對立面去，屢試不爽。本來台灣的民調支持維持現狀的有百分之五十，支持獨立的有百分之二十七，支持統一的有百分之十七，其餘為「不表態」。

二〇二二年十二月三十一日，台灣的最新民調支持維持現狀的有百分之四十，支持獨立的有百分之二十九，支持統一的有百分之二十一，這表示「中國政府永遠不能理解台灣人的心」。從此，兩岸關係又倒退回到數十年前的緊張狀態。

二〇二三年七月，中國國家主席再也承受不住中國人民的輿論壓力，於是召見空軍錢司令。

主席劈頭就問：「台灣那一群不知死活的叛亂分子顯然不把我們放在眼裡，要如何給他們一點顏色？」

錢司令回答：「上次的中美戰爭，我國死傷一千五百多萬人，而且我們的軍需工業有一半以上被破壞，現正加緊趕工生產最急需的物料，再等十個月，我們的殲-20B就有七個中隊，到時候可以飛過去偷襲佳山基地。

只要讓我們滅了佳山基地，台灣的西部機場就都在我們彈道飛彈的攻擊範圍內。現在正加緊補充飛彈的數量，到時候台灣還不手到擒來嗎？」

主席說：「七十多年都等過了，更何況區區十個月呢，去準備吧。」

錢司令實在太瞧得起殲－20Ｂ了。事實上，二〇二一年服役的殲－20Ｂ只比二〇一七年服役的殲－20Ａ在匿踪性能方面略有改良，即在空戰時敵機較難發現自己，其它像在空戰性能、武器配備方面卻毫無寸進。

基本上它的空戰性能相當於殲－12，其實它的匿踪優勢若被破解的話，那它還不如一架殲－12；尤其若是與殲－20Ｂ的機群行動時，更難以協調。想以殲－20Ｂ機群偷襲佳山基地，似乎太高估自己了，也視台灣的「強網系統」如無物。

另一方面，長久以來中華民國對境內的共諜似乎毫無警覺，以致共軍第五縱隊在台勢力龐大。到了二〇二四年八月，「楊中將」認為時機已成熟，也覺得這遊戲玩太久了，遂在全國掀起一波掃除行動，在一週之內逮捕了二萬多名共諜及共諜同路人，和一萬多名長久以來在台灣跳機的潛伏者。

中國政府大吃一驚，急忙逮捕大批留在大陸的台灣人，以求換俘，但中華民國政府不為所動，因為他們逮捕的都是對中華民國有異心的人。此舉更令中國確立「十月行動」的決心。

中國在新疆有一個仿佳山基地的模型，經過一年多的炸射演練，解放軍空軍認為時機已成熟，便在二〇二四年十月十日對台灣進行了一場「不宣而戰」的偷襲。

二〇二四年十月十日早上八點整，中國三十六架殲－20Ｂ從泉州機場起飛，自以為神不知、鬼不覺地朝巴士海峽飛去，卻不知其行踪已被台灣的矩陣雷達所掌握。

上午八時三十分，中國又從琉球（中國已在二〇二〇年的中日戰爭中將沖繩收回）派出了八架轟－6與十六架殲－11，稍後又派出了二十四架殲－20Ｂ，一前一後地朝花蓮外海而來。

解放軍空軍自有一番盤算：

「以滿載攻地武器的轟－6與殲－11飛行到花蓮外海，屆時台灣一定會派出Ｆ－16監視攔截，轟炸機隊再突然右轉加速朝佳山基地而去，在Ｆ－16尚未來得及反應之前，由一直偷偷摸摸跟在後面的殲－20Ｂ突襲幹掉Ｆ－16，轟炸機群不用十分鐘就可抵達佳山基地上空大肆轟炸；接著再由台灣南部海域強行侵入三十六架殲－20Ｂ，壓制緊急起飛過來支援的台灣空軍。而在海峽中線，另有一架中國預警機指揮著全盤的行動。」這就是解放軍的如意算盤。

自年初以來，共軍即不時派出殲－20Ｂ過來試探台灣空軍方面的反應，台灣空軍故意不去打草驚蛇，只派出「隱形戰機」嚴密監視。但這回共軍南北總共出動六十架殲－20Ｂ，另外又有二十四架轟炸機，其企圖已是照然若揭，故而台灣空軍除了派出十六架Ｆ－16之外，另派出南北各二十架「隱形戰機」。

當轟－6、殲－11飛到花蓮外海的時候，東指部（台灣東部防衛指揮部）呼叫：「龍十六請注意，敵機已到紅區，一有狀況立刻照表操課。」

「知道了。」龍十六回答。

又過了四分鐘，共軍轟炸機群突然轉向朝台灣內陸加速衝去，好戲上場了。

此時共軍轟炸機群的駕駛耳機突然響起從國際頻道來的警告：「中國空軍請注意，你們已進入中華民國領空，立即回頭，否則我方將予以擊落，我方將不再警告。」令人驚訝的是，龍十六說完後，竟立刻加速四散而去。

飛行在海峽中線上空六千公尺的中國預警機立即察覺到F－16的奇特舉動，急忙呼叫：「夜鷹注意，F－16已改變航向，立即打開雷達追擊！」

但F－16開啟後燃器，又裝有助力噴嘴，只十幾秒鐘就突破音障，一分多鐘後已突破兩倍音速。

當殲－20B開啟雷達追尋到部分F－16時，已是三分多鐘後，F－16早已在六、七十公里之外了。殲－20B也加速追趕，不知不覺中已進入台灣領空。

南來的三十六架殲－20B也受預警機指揮，由台東外海侵入台灣領空，此時台灣空軍的「隱形戰機」用紅外線尋標器鎖定殲－20B，「隱形戰機」在南北兩路同時開火了。

「箭五型」飛彈兩波發射，共擊落了二十七架殲－20Ｂ，其餘南北兩路的殲－20Ｂ嚇得魂飛魄散、四散竄逃，逃竄過程中又被擊落十四架，其它劫後餘生的殲－20Ｂ頭也不回地逃回琉球與泉州。

而共軍的轟炸機群進入台灣本土之後，正慶幸空中不見任何台灣飛機，殊不知自己已踏進中華民國陸軍防空火力的範圍。

首先招呼他們的是三波共十二枚「弓四」防空飛彈，這十二枚「弓四」擊落了六架殲－11及四架轟－6，跟著轟炸機群的電腦導航儀把他們帶入佳山基地的唯一攻擊航道。這是一條寬二點五公里、長十九公里的狹窄山谷，他們不知道中華民國空軍將其稱為「死亡谷」。一進入山谷，「弓四」飛彈登時消聲匿跡，迎面而來的是「鷹式精進型」防空飛彈。

「鷹式飛彈」是中華民國陸軍歷史最悠久的美製防空飛彈，自半個世紀前的標準型到一九八〇年代的改良型，再到二〇一八年中華民國陸軍新換裝的精進型，除了在彈頭威力有所改進及操縱翼的靈敏度有加強之外，基本上彈體及三聯裝發射架在外觀上並無改變。主要是它的射控中心的中央電腦運算速度比標準型快二百五十六倍，這樣用來指揮照明雷達及指向雷達自然是威力無比。

自山谷深處射來四枚「鷹式精進型」防空飛彈，四道像粉筆般粗細的電磁波牢牢地釘在領頭的四架共軍轟炸機機首。四枚飛彈頑固地跟在電磁波後方直衝轟炸機而來，剎那間，四枚飛彈全部命中了。

緊跟著又是四枚飛彈襲來，這次距離較近，只擊中了三架轟炸機，此時轟炸機已來到防空飛彈的發射地，「咻咻咻咻」四聲，又是四枚飛彈尾追而至，又擊落三架。

餘下三架殲－11及一架轟－6進入了另一個火砲陣地，殲－11對準佳山基地共發射了六枚飛彈。

山谷後半部有中華民國陸軍所設下的四座二十七㎜防砲，此時立刻開火了。一陣硝煙過後，四架共軍轟炸機連同第六枚飛彈一起被擊落，餘下五枚飛彈繼續朝佳山基地飛去。

佳山基地正前方設有兩座二十七㎜防砲，數天前「東指部」又派來四輛二十七㎜防砲車。六具近迫快砲有驚無險地將來襲的五枚飛彈盡數擊毀。

解放軍這次出動八十四架戰機，只有十九架逃出生天，而台灣卻分毫未損。解放軍這次虧大了，同時可能還要面對來自台灣的報復。

果然，台灣的反擊來得快又狠。十月十日下午五點整，琉球的嘉手納及宮古島的機場同時接到報告：「台灣北部有大批軍機起飛，可能是對琉球的空襲，準備緊急起飛攔截。」就在此時，忽然天搖地動，嘉手納及宮古島機場同時受到攻擊。

原來是中華民國空軍的二十四架「隱形戰機」，以十六架及八架分襲嘉手納和宮古島這兩個前美軍和日本的軍用機場。「隱形戰機」機腹中線掛載著一枚一千二百七十公斤的破壞跑道集束炸彈，自高空丟下，再交由衛星導引，然後就拍拍屁股走人。

集束炸彈在跑道上造成無數的坑洞及留下大量的詭雷，至於機堡則分毫未損，因為馬上會有人來收拾它們。

這次空襲的目的，只是要共軍的飛機乖乖地留在地面。「隱形戰機」在空襲的途中，順便擊落了四架在空中巡邏的殲－12。

五分鐘後，琉球（沖繩）兩處的機場塔台發出淒厲的空襲警報聲，又再過了六分鐘，轟炸機群到了，是中華民國空軍的三十六架F－16，有的攜帶機堡穿透彈，有的裝配萬劍彈。

解放軍從琉球其它二級機場勉強拼湊出兩架殲－10及三架殲－8前來攔截，不過幾個回合就盡數被擊落，但有兩架F－16在空襲中，被猛烈的地面砲火所擊落。

中國眼看情勢不對，緊急從浙江起飛了十二架SU－27與十二架殲－12來支援，卻在離中國海岸線不到一百公里處，被中華民國空軍的二十四架「星式」戰鬥機在八十公里外發射「飛箭六」飛彈，擊落了十四架。剩餘的解放軍飛機見狀，全數逃回浙江去了。

空襲結束後，中華民國的戰鬥機除了被擊落兩架之外，其餘皆安全返航。

相較之下，中國可慘了。空中被擊落的及地面上被炸毀的戰機超過一百架，地面設施損毀不計其數，更重要的是，中國這次不宣而戰的偷襲手段，更顯露出其「和平統一」的假面具之下，實是窮兵黷武與色厲內荏的本質。

這次中國無論如何封鎖消息，都無法瞞住這惡劣的偷襲行為，及淒慘的下場。中國的國際觀感已跌落谷底，更有一些國家已準備和中國斷交。

長年以來，中國對台灣不斷地空言恫嚇，這一次竟然真的出兵偷襲台灣，從此台灣的人心起了大變化。

第七章 聖彼得堡夜客

自一九四九年兩岸分治以來，世人皆知，大陸背後有蘇聯北極熊在撐腰，而台灣則是以山姆大叔為靠山。

二〇二二年美國倒台，台灣在表面上失去依靠，而中國卻與俄羅斯越來越靠近，無論實情如何，表現於世人的是兩岸局勢將嚴重失衡。為了台灣的民心士氣，「楊中將」要斬斷這個中國的後援。

「楊中將」對外做了一些連繫及對內做了一些交代後，即於二〇二四年十一月二日搭機前往土耳其的伊斯坦堡，十一月四日在取得簽證後，前往敖德薩人民共和國的首都敖德薩。這是一個風光明媚的旅遊都市，位於黑海岸邊，「楊中將」在這裡受到嚴格的審查後，有人給他另一份身分證明文件，以此搭機前往俄羅斯共和國的聖彼得堡。

經過千辛萬苦，「楊中將」終於在十一月五日晚上八點在聖彼得堡的一座古堡裡見到了那個人，是俄羅斯第二大富豪「米夏．格里維奇．成」，但是「楊中將」知道他的另一個名字叫「成軍」。

「成軍」原籍蒙古，在一九八四年以「中校」軍階加入「泰山計畫」，當時他是「泰山計畫」中的最高階軍官，一九八七年領袖命他以蒙古本名前赴聖彼得堡，從事一項浩大的任務。後來任務完成了，而他也一躍成為俄羅斯最成功的實業家。

兩人相見除了喜悅，更多了一分唏噓。「小楊，你老了。」「米夏，你也老了。」「米夏」是「成軍」的暱稱，他三十多年前的豐功偉業，只有「小楊」和住在聖彼得堡市郊的那位曾擁有全世界最大權力的老人知曉。

接下來，兩人以北海的鯡魚加上聖彼得堡特產的乳酪與香烤麵包共進晚餐，另佐以敖德薩鵝肝醬及黑海魚子醬，當然更少不了俄羅斯的名產伏特加酒。餐後兩人進入正題。

「小楊」說：「目前國家有一項困難，也許你能幫得上忙。」

「成軍」說：「請道其詳，但需力所能及，絕無推諉。」

「小楊」心中暗喜，說：「想必你也聽過上個月中國偷襲台灣的事，現在中國必然向俄羅斯商談購買軍火，請你加以阻擋。換一個角度來說，中國除了俄羅斯之外，已無敵手。不再助中國壯大，也是合乎俄羅斯的利益。」

「成軍」說：「現在俄羅斯軍方也有這種聲浪正在興起，明天我找國家安全部長奈洛莫夫談談，你們最好能釋放一些善意，例如從海參崴進口一些石油、天然氣及俄羅斯食品。現在已縮短了航道，正是時候。」

「小楊」說：「好的，這部分讓你全權負責。」

結束會談後，「成軍」用專機將「小楊」送到伊斯坦堡。

二〇二四年十二月二十五日，俄羅斯與中國簽訂軍火買賣協定，內容為：六艘七千噸的基輔級兩棲登陸艦（中古）、四十八艘水牛級氣墊登陸船、一百二十輛BMP-3裝甲運兵車。其它如L-10匿踪戰機、阿莫爾級潛艦及SU-47戰機都被俄羅斯拒絕售予，連補給用的飛彈及其元件也付之闕如。

二〇二五年一月，台灣的貨櫃輪首次到海參崴，裝運食品、酒類、雜貨；三月又來了油輪裝運石油及天然氣，船隻走的路線是從日本海經日本大地塹（日本在二〇二一年因陸沉而形成的新水道），再由太平洋南下，全程只有四千公里不到。

自此，中國與俄羅斯又種下心結，而俄羅斯的外交策略已逐漸向台灣傾斜。

俄羅斯人有自己的想法，自帝俄時期以來，中國就是他們嘴邊的肥肉，舊蘇聯時期，中國是他們的社會主義兄弟，也是他們赤化世界的打手。直至俄羅斯共和國成立以後，兩國在經濟、軍事方面各取所需，導致中國的急速崛起。

到了二〇二四年時，全世界只有中國可以與俄羅斯抗衡，而且俄羅斯的未來──「西伯利亞」與中國近在咫尺，俄羅斯心知肚明，中國對「西伯利亞」早存覬覦之心。

「不能再讓中國繼續壯大了。」所以分裂中國是必要的，而台灣可以阻止中國稱霸太平洋，暗助台灣是符合俄羅斯利益的。

第八章 風起雲湧

二〇二四年十月十日，中國偷襲台灣，全世界為之震驚。中國會武力犯台本在意料之中，只是未免太快了，才剛結束與美國的戰爭不到兩年，如今又起戰端，全世界竟普遍同情台灣，卻又不看好台灣，所以各國在外交上多以消極的方式支持台灣。

台灣對於中國竟敢在光天化日之下入侵台灣本島，激起全國上下的憤怒，兩年前的衝突事件，尚可解釋成中美戰爭期間的擦槍走火行為，這次則擺明了是挑起全面戰爭的前哨戰。

台灣人民這次火大了，民心急速地往右靠攏。

二〇二四年十一月十日，中華民國第十六任總統走進總統府準備接見楊中將，一想起上個月所發生的事，不禁仍心有餘悸。

「他媽的，阿共仔竟敢偷襲我們，我們真的能化險為夷嗎？」總統不安地想，他記得半年多前剛上任訪問南美時，見到一位「大人物」，與他談了很多，還記得「大人物」最後說：「要臨危不亂、處變不驚，不可妄自匪薄。」

上個月十日中午那驚心動魄的一刻，楊中將說：「不反擊只會招來更多攻擊。」當時總統聽了楊中將的話，出動軍機攻擊了琉球，果然到今天已過了三十天了，對岸什麼動作都沒有，「楊中將今天又會有什麼事呢？」總統想。

楊中將在早上九點整準時入府，見了總統劈頭就說：「時機到了，為了這一刻，我們已準備了近四十年。」接著把「泰山計畫」的內容詳細地向總統說明，之後接著又說：「總統你應該承擔起歷史的重任，帶領人民走出自己的路，讓人民知道除了『統一』和『台獨』之外，還有第三種選擇。」

總統面有難色地說：「我們為什麼要去挑動中國的神經呢？台灣人民如果現在作出抉擇，不是會給中國攻台的藉口嗎？屆時我們抵擋得了嗎？」

楊中將說：「人民已厭倦了苟活於兩岸的曖昧之下，難道台灣的安居樂業是因不觸怒中共才換來的嗎？」

對岸一直用『一個中國』來壓迫我們，我們在一九九〇年代提出的『兩國論』，他們不滿意；又提出『各自表述』，他們也不認同。那從此我們不再承認中共政權，『一國』

就是只有中華民國。

總統說：「我們有能力對抗中國嗎？」

楊中將說：「睜大你的眼睛看看四周，你會發現國際情勢已改變了。中國有八十二個國家與之建交，但大多數各懷鬼胎。跟中華民國建交的有四十九個國家，絕大多數是真心誠意的。

在軍事方面，我們已占了優勢，他們只是陸軍人數眾多而已，所以他們的強項在『人數眾多』，但『人海』卻不能渡海。而在空軍與海軍方面，我們都占了絕對優勢。」

接著楊中將交給總統一份機密文件，是內部所做的「兩岸軍力對照表」。總統看完文件之後熱血沸騰，便說：「我知道了，那我們當務之急，是要凝聚國民的共識，提升老百姓對國家的信心，爭取國際的認同。」

楊中將說：「總統請不要忘了，我們還有一個實力堅強的後盾，為因應台灣本島發生戰爭的後續行動，『新領土』已準備四十多年了，現有二十幾萬的醫護消防人員已在『新領土』待命，只待您一聲令下，便會以『觀光』的名義入台。

在財政、經濟方面，『新領土』將分批空運一千億歐元現金過來，以穩定民心。並將提供五千億歐元的外匯，以鞏固國家的信用。對於開戰後所面臨的問題，『新領土』這幾十年間都幫我們想好對策了。」

接著楊中將興奮地說：「是了，以後總統您專心處理枱面上的事，至於枱面下積極備戰的事宜，就交給我這邊處理。另外，需準備來一場『國慶閱兵』了。」

總統說：「很好，大家好好地幹一番事業吧。」

二〇二五年一月一日，中華民國總統的元旦文告上，直接點明了中國：「既然中國對台灣的行為如此卑劣，也辜負了台灣人民長年以來的誠意付出，自此以後，我們台灣在國際上將爭取友善國家的理解，讓這些國家知道，我們是有著一百多年歷史的合法政府，即是『中華民國』。

同時警告中國，我們擁有二百四十枚核彈對著中國各大城市，若有人膽敢使用核武攻擊中華民國，中華民國必將加倍還擊。

我在此宣布，中華民國即刻進入二級備戰狀態，所有的後備軍人需在三天內向所屬營區報到。」

從此，台灣與中國大陸維持了十多年的「外交休兵」正式決裂。自此兩岸開始互相在國際間挖角，搶奪邦交國。

二〇二五年七月是決定性的一個月，這個月拉丁美洲及南美洲有九個國家同時與中華民國建交，這引起了連鎖反應，到了二〇二五年九月又有八個歐洲國家加入成為台灣的盟邦。至此，國際情勢逆轉，中華民國有六十六個邦交國，而中國大陸只剩下六十五個建交國。

中美戰爭期間，世界各國大都同情中國，那是因為美國的蠻橫，可是戰後中國那不可一世的態度，卻又讓各國覺得厭惡，其厭惡程度更甚於美國。

在經貿方面，中國自二〇二〇年起已連續五年GDP負成長，導致很多商業合約難以履行，許多對其它國家的承諾也都無力執行，這引起無法收拾的後果。

相較於中國，中華民國一向以誠待人，中華民國從未失信於人。在經濟上，中華民國穩紮穩打，實力充足，更重要的是，中華民國有「民主典範」這塊招牌，讓那些與中國建交的國家愧然。

同一時間，中國政局起了大變化。

中國東南各省因受中美戰爭的荼毒，已哀鴻遍野，人民不滿中央高層又生戰端，便群起示威，逼迫鷹派下台，否則東南各省將要獨立。結果此舉適得其反，為因應此事，中國國家主席、空軍錢司令、陸軍于司令及國土安全部鄭部長等四人，聯手發動一波整肅行動，將軍委會中的鴿派人士全數趕下台，並任命一批志同道合的人換上國防部長、二砲司令與海軍司令等職。

這一群好戰派現在全力準備攻台新利器「后羿火箭」，但此舉使得示威變成暴亂，中國政府等於在自家的土地上埋下了不定時炸彈。

「后羿火箭」原型始於二〇一〇年所推出的長程多管火箭，當時射程一百四十公里，可自福建龍潭發射至新竹。二〇二四年終於研發出「后羿」系列的火箭，射程二百公里，搭載一枚一百一十公斤的彈頭。

中國打算使用此型火箭，並利用數量優勢攻擊台灣，使台灣西北部陷入一片火海，所以現在正等它量產。但其實明眼人一看就知道，「后羿火箭」必須用「量」來彌補「準確性」的不足。

中國毫無忌憚地生產攻台武器，台灣衛星已盡收眼底。

二〇二五年十月十日，中華民國雙十國慶，總統在文告上勉勵國人：「繼續備戰，我們絕對有信心粉碎對岸的侵略意圖。」總統並宣布民國一百一十五年（二〇二六年）雙十國慶將舉行規模盛大的閱兵大典。

中國並不知道，台灣對「后羿火箭」已在做反制的準備了。

自二〇二五年開始，有一派學說逐漸興起，他們認為「台灣獨立」只是不要和中國大陸糾纏不清，又懼於中國大陸武力犯台，便以「獨立」尋求國際保護而已。

但若台灣已不怕中國，並且自認早已是獨立自主的國家，根本不應該拋棄中華民國一百多年的國號，而且中國內部最近動亂四起，連他們自己都不知道還有幾年的日子可以過了。目前世界各國支持台灣的多於支持中國大陸，我們中華民國大有本錢跟中國大陸爭奪「正統」。

其實這一類學說正是三十多年前台灣政府所提出的「中華民國在台灣」；同一時期台灣領導人所提出的「中國七塊論」，似乎更可以印證將來的中國情勢。

這一類學說所引起的風潮，在短短的一年之內，立刻成為台灣的主流民意。

二〇二六年九月二十五日，中華民國國防部部長在立法院報告建軍成果：「……中華民國空軍目前擁有：『星式』全天候空優戰機三百八十架，F-16D多用途戰機三百六十架，IDFP多用途戰機一百二十架。總計作戰飛機八百六十架。（「隱形戰機」因屬機密，所以並未對外公開。）

海軍則有：驅逐艦八艘，巡防艦二十八艘，護衛艦十二艘，一千噸級制海艇八十艘，各型飛彈快艇六十八艘，各型兩棲登陸艦六艘，戰略潛艦（鯨魚級）四艘及攻擊潛艦（飛魚級）十艘，另有兩艘傳統動力攻擊潛艦。

陸軍有：各型火砲兩千六百門，飛虎、M1A2、M-60戰車共三千輛，裝甲車一千九百輛，更有由五型防空飛彈及光束砲所構成的『天盾系統』，還有為反登陸作戰所準備的『金湯計畫』。如果敵人膽敢試圖登陸，我軍必可將其全殲於海上及灘頭。

至於戰略武力方面，中華民國特戰旅有六百枚搭配傳統彈頭的巡弋飛彈，更有二百四十枚搭載六十萬噸至四百萬噸的核彈頭，若敵人膽敢對我方採取核攻擊，必遭受雙倍以上的報復。」

全國的百姓都為國防部長的報告而歡呼，從此以後中華民國的百姓更能「眾志成城、萬眾一心」了。

二〇二六年九月十日，中華民國總統公告十二月三十一日將舉行公投，題目是「中華民國與中國大陸的分與合」。

二〇二六年十月十日，中華民國舉行睽違已久的國慶閱兵，有多個國家派人前來觀禮，並有數十個國家派出記者前來採訪。

閱兵一開始，全場靜默無聲，懾於開場時蔽空而過的二百四十架戰機，接下來的陸軍各式新武器的展出，更是震懾人心。原來中華民國的三軍在質的方面，遠勝中國大陸解放軍，在量的方面也比一般所預測的多出很多。

接下來二〇二六年十二月三十一日的公投，尚未投票便已可預知結果了，但此事大大地影響了中國大陸各省分的民心，恐怕會群起效仿，中國那批鷹派人士難保不會有什麼行動。

第九章　再踩紅線

中國北京中南海，那一群好戰分子正氣得七竅生煙。

空軍錢司令說：「台灣那批叛亂分子實在太不知死活了，竟敢公開地鼓動分裂國土，這是絕不可被原諒的。」

國土安全部鄭部長陰陰地說：「你想得太簡單了，看看我們國內烽煙四起，都是因為受到台灣的影響，我已經快要鎮壓不住了，再不想想辦法，我們乾脆搓條麻繩，一齊上吊算了。」

國防部長果斷地說：「我看只有採取『殺雞儆猴』的方式，對台灣使用霹靂手段，才能壓制我們國內的分裂浪潮。」

二砲司令員說：「我建議用一百枚飛彈，在二〇二六年十二月三十一日一大早攻擊他們的投票所。一來可以阻止他們的公投，二來可以讓台灣知道他們想做什麼都必須經過我們的同意。」

主席高興地說：「好極了，就這樣辦吧。」

二〇二六年十二月三十一日，這一天是中華民國的大日子，七十多年來老百姓第一次有機會說出心裡的話，有很多人起了一個大早準備要去投票所了。

早上八點零二分，台灣本島各地突然響起了淒厲的空襲警報聲。

衡山指揮部：「閩、浙發射多枚飛彈，目標台灣，天啊！數量超過一百枚！」

「啟動『天盾系統』！」

「天盾系統」共分五層防禦系統，最外層是位於台北的THAAD遠程反飛彈系統。

第二層是由驅逐艦及巡防艦上的「標準二型」及「海天弓三型」防空飛彈在近海所布下的防空網。

第三層是陸基「弓四型」防空飛彈與「愛國者P3」飛彈。

第四層是分布於中央山脈的八座「粒子光束砲」陣地。

第五層（最內層）則是遍布全台的九十六輛二十七㎜近迫防砲。

中國共發射了一百枚「東風-26S」，其中三枚發射失敗墜海，餘下九十七枚朝中華民國的四都（桃園、台中兩都已於二〇二三年被毀）而來。

現今世上的防空飛彈，其所使用的原理不外乎：

一、由地面雷達追蹤目標的航路並計算目標的前置位址，再引導飛彈與目標合而為一，以近發引信啟動巨大的彈頭來摧毀目標，如美國「勝利女神」系統及蘇聯的「SA－1」至「SA－4」系列。

二、以一具追蹤雷達及一具指向雷達相互協調，使指向雷達牢牢地指向目標，飛彈再跟隨雷達波束飛向目標。也是使用近發引信，如美國的「鷹式飛彈」及蘇聯的「SA－6飛彈」。

三、利用一具追蹤雷達及一具照明雷達，用照明雷達持續照射目標，再由飛彈追隨雷達回波飛向目標。也有較先進的飛彈，在飛彈鼻端裝上照明雷達，如此可「射後不理」，也可增加接戰的能量，現今世上所有的防空飛彈大都使用此系統。值得一提的是，反彈道飛彈系統由於目標速度太快，為免彈頭破片錯過目標，大都使用碰撞彈頭，以動能摧毀目標。例如美製的THAAD。

四、利用射控中心將飛彈對準目標，待飛彈彈頭獲得目標訊號後，立刻發射飛彈，由飛彈自行追蹤（一般是熱影像），亦是「射後不理」，代表者是美國「矮欉樹飛彈」及蘇聯的「SA－8飛彈」。

中國二砲司令員曾誇下海口，要用一百枚飛彈攻擊台灣的投票所，事實上他只是對台灣四都的各精華地區共投去一百枚「東風－26S」，就自覺任務完成，等候收割成果。這一百枚「東風－26S」，其中有三枚發射失敗，四十枚朝南台灣射去，五十七枚朝北台灣直奔而去。

朝北台灣射來的五十七枚彈道飛彈，一發射即被台灣的樂山雷達發現。樂山雷達掌控中國大陸沿岸二千五百公里腹地的一舉一動，立刻命令位於後龍的THAAD發射站備戰，等來襲的彈道飛彈一過了最高點後，立即發射攔截飛彈，但射程有餘而攔截的時間卻相當不足。THAAD一共發射了二十四枚飛彈，攔下了十七枚彈道飛彈。

接下來換海軍上場攔截了。

海軍在西海岸有四艘驅逐艦與十二艘巡防艦，剎時「SM－2」、「海弓三」齊發，除了在台中外海的兩艘巡防艦因角度不良派不上用場之外，台灣西岸南北共十四艘戰艦都卯足全力開火了！結果北台灣共擊落十枚彈道飛彈，南台灣也擊落十枚彈道飛彈。

再來換陸軍發威了。

「弓四」和「愛國者P3」在北台灣發射四十八枚攔截飛彈，共擊落九枚彈道飛彈，南台灣也擊落八枚。

此時突然連聲霹靂，光束砲開始射擊了！

負責保護北部的五座光束砲共射擊了十九發，擊毀十七枚彈道飛彈，襲擊北部的彈道飛彈只剩四枚了。南部的光束砲共發射了十二發，擊毀十一枚，還剩十一枚漏網之魚。

攻擊北部的彈道飛彈只剩四枚，繼續朝大台北及新北市飛來，只剩最後的七、八公里。這時近迫快砲開火了，在千鈞一髮之際擊落了三枚，最後一枚落在三重的重新橋上，造成三十九人死傷。

在南台灣，高雄及台南的防砲擊落五枚彈道飛彈，餘下的六枚飛彈一枚落在苓雅區的繁華大街上，造成四十八人死傷；一枚落在中正區的愛河內，無人傷亡；最後的四枚飛彈落在台南的永康、新營等地，共造成七十九人死傷。

中國大陸再度無端偷襲台灣，造成無辜百姓一百多人死傷，台灣人民發怒了！老百姓結伴湧入投票所，到了二〇二六年十二月三十一日中午十二點整，中華民國政府公布公投投票結束時間延長至二十四點整，以消化投票所的排隊人龍，並明示政府將對中國大陸採取報復行動。

台灣政府決定「以牙還牙」——中華民國陸軍有一種巡弋飛彈，射程只有三百公里，卻有七百五十公斤的酬載。二〇二六年十二月三十一日下午兩點整，陸軍司令部下達「發射！」的命令，立時從高雄、台南、淡水等三地同時發射共四十枚短程巡弋飛彈，目標是福建與浙江的四個城市：泉州、廈門、高郵和湖州，十數分鐘後，這四個城市已陷入一片火海。這四十枚巡弋飛彈，彈體是隱形的，彈頭為集束炸彈，立刻造成超過四千五百人的死傷。但當地人都把怨氣出在中國當局，因為是這些高官們下令從福建與浙江發射飛彈攻擊台灣的，而等到報復來了，這群高官們卻安穩地躲在北京。

二〇二六年十二月三十一日深夜，台灣創下世界公投史上第一次達到百分之七十八投票率的記錄；數小時後，當開票作業全部結束，又創下了百分之九十九一面倒的記錄。開票的結果顯示：「台灣與中國是各自獨立的兩個國家，從今再無任何關係。」

在北京中南海，軍委會上氣氛詭異，眾人一臉不可置信的神情。

中國國家主席打破沉默先開口了：「你們誰能告訴我這是怎麼一回事呢？我們不是要去教訓台灣的嗎？現在不但得到反效果，我們還賠上數千條人命。剛才外交部長告訴我，有好幾個邦交國威脅要和我們斷交。」

二砲司令員氣憤地說：「我們可再發射五百枚飛彈過去狂炸他們，台灣一定無法招架。」

陸軍司令員也激動地說：「台灣竟敢攻擊廈門，我可以立刻下令砲轟金門，把他們轟個稀巴爛！」

國土安全部長說：「像這樣你來我往的遊戲，我們玩不起的。今天你丟五百枚飛彈過去台灣或是砲擊金門，你能一次把台灣打趴嗎？等報復來了，不知又要犧牲多少老百姓的生命。我們已經受不起這種責難了。

我們只有集中力量做一次全面性的攻擊，務必奪下台灣，才能解決所有的問題。記住，我們只有一次機會！」

主席說：「我想也只有這麼辦。下週把南京軍區的白司令叫來，大家一起討論。」

二〇二七年一月九日，白司令被叫到軍委會。主席問白司令：「你們準備得如何？這次要玩真的了。」

白司令回答：「向俄羅斯買的氣墊船現正在我們的碼頭卸貨，兩棲登陸艦也已到了；再過兩天，向英國買的快速登陸艇也要到了，加上我們現有的船艦及一千多架運兵直升機，我們已可組織成一個三十萬人的登陸船隊。

另外，我早已準備了五十萬的正規部隊隨後待命，所以只要二砲、空軍、海軍能配合行動，我們絕對可以打下台灣，將那些高喊台獨的叛亂分子抓來審判。」

二砲司令員說：「我們現有一千兩百枚彈道飛彈，隨時想打台灣哪裡都可以。另外，我們的王牌祕密武器『后羿火箭』正在日夜趕工中，三個月後，我們可以在一個小時之內傾瀉一萬枚火箭到台灣西北部，每枚彈頭的威力猶如一顆二四〇公釐的榴彈砲。」

空軍錢司令說：「空軍可以提供一千兩百架戰機及兩百架無人飛機，唯一美中不足的是，制海的武器嚴重不足。」

海軍司令員說：「我們有三艘航空母艦及七十多艘的巡洋艦、巡防艦、驅逐艦所組成的航母戰鬥群，絕對可以在台灣東部開闢第二戰場。屆時東、西兩路一齊登陸，戰事就差不多結束了。

至於台灣海軍，就不要空軍擔心了，台灣就那十幾、二十艘破船，一定會被吸引到東邊來的，到時我們必可聚以殲之。倒是台灣的空軍及岸基飛彈較令人擔心，這只有請二砲及空軍幫忙了。」

二砲及空軍司令員都信誓旦旦地表示沒有問題。

國土安全部長說：「這裡有兩點要提醒大家。第一，國內的情勢已經惡化，對暴亂的鎮壓行動已無法再持續超過半年了，所以戰爭要越快越好。第二，此戰只許勝不許敗。一旦敗了，後果不是你我所能承擔的。」

國防部長聽到這裡已經按捺不住：「我們連台灣的靠山『美國』都打垮了，難道還會在乎那小小的台灣嗎？不要再考慮那麼多了，我們就決定在今年六月初登陸台灣，請主席定奪。」

主席說：「好，就這麼決定。」

中國的命運就這樣被草率地決定了。

二〇二七年二月初，亞美利加西岸聯盟及中部聯盟軍援台灣的物資，陸續運達台灣。

二〇二七年三月一日，中華民國政府明令公布：「今年的十二月三十一日將舉行公投，決定國號。」

另一方面，中國大陸內部的獨立運動正甚囂塵上，新疆的回族、西藏的藏族、雲南的苗族與擺夷族，再加上廣東、廣西、福建及浙江各省烽火處處。三月二十日，福建省省長被捕下獄，罪名是「倡議獨立」；三月二十五日，由北京指派的新省長卻遭叛亂分子攻入省政府大樓而被活活打死，南京軍區立刻接管了福建省政府，中國中央也宣布全國戒嚴。

二〇二七年三月二十七日，中國福建泉州發生了一件震驚國際的大事，一千多名解放軍向二萬多名手無寸鐵的示威民眾開槍掃射，造成五千多人死傷，後來歷史上稱之為「泉州慘案」。從此，中國政府對老百姓採用更加嚴厲與殘酷的手段來鎮壓。

此事件不但使中國受到全世界譴責，且又有二十多個國家準備和中國斷交。

第十章　一觸即發

二〇二七年，兩岸戰雲密布，這一戰勢必難以避免。雖然在中國方面握有主動權，但中國大肆調動軍隊做戰爭準備，幾乎全世界都知道。所以只要中國一發動戰爭，在五分鐘之內，台灣必定會加以反擊。

以下就兩岸的軍力做一比較：

一、在二砲方面，中國擁有約九十枚三十萬至五十萬噸級的核子戰略飛彈，及兩枚三百五十萬噸級的戰略核彈。傳統武器本來有近一萬枚飛彈，但在中美大戰時用掉或戰損，以及因飛彈工業被破壞大半，所以目前只剩二千一百枚。但二砲把重心放在「后羿火箭」上，目前已有四百二十具八聯裝發射車及一萬枚火箭。

台灣則有二百四十枚搭載六十萬噸至四百萬噸的戰略核彈（但中國並不相信），及八百枚搭載傳統彈頭的巡弋飛彈，而且兩種飛彈都是「隱形」的。

二、在中國空軍方面，現有各式戰機七千架，但端得上枱面的第三代及第四代戰機不足二千五百架，而這次可以用來對台灣作戰的飛機不足一千五百架。

二〇二〇年以來，中國的空軍一直是由俄製的四大明星為主幹，Tu－22M、SU－47、SU－35、SU－27等共約四百五十架。

但經過二〇二〇年的中日戰爭、二〇二二年的中美戰爭，以及兩岸的衝突之後，已剩不到一百九十架，而其中的六十架Tu－22M是極貴重的資產，且不適用於對台戰爭。至於其它的俄製戰機，俄羅斯方面又不再提供新機，所以等到對台戰爭時，只能派殲－12、殲－11、殲－10及少量的轟－6上場了，最好的戰機必須留著用來保護領導階層。中國並有兩百多架無人機。

台灣則有一百二十架尚未公開的「隱形戰機」，是台灣的祕密武器，且全部升級為可進行境外作戰的衛星導航模式，亦可做為轟炸機使用。並有三百八十架的「星式」空優戰機，及三百六十架的F－16D／F－16V多用途戰機，和一百二十架IDFP多用途戰機。

三、在中國海軍方面，現有一艘「遼寧級」、兩艘「山東級」航艦，其中一艘「山東級」是二〇二四年下水；五艘「煙台級」巡洋艦、七艘「勇壯級」驅逐艦、二十一艘國產驅逐艦，及七十八艘巡防艦與護衛艦、飛彈快艇一百二十艘、兩萬噸級以上的「青島級」兩棲登陸艦六艘、俄製兩棲登陸艦四艘、三千噸級的兩棲登陸艦四十九艘，一千噸級兩棲登陸船八十六艘、「水牛級」氣墊登陸船九十八艘，另有中國自行仿製的氣墊登陸船六十艘、英國製的「無畏級」氣墊登陸船三十艘。海軍航空兵力方面則有定翼機一百五十架、直升機三百六十架，各型潛艦七十艘。

台灣則有八艘驅逐艦、三十八艘巡防艦與護衛艦、八十艘近岸制海艇、六十八艘飛彈快艇，另有四艘新型兩棲登陸艦及八艘傳統兩棲登陸艦，與十二艘火力支援艦、四艘戰略飛彈潛艦、十艘攻擊潛艦、兩艘傳統潛艦，直升機六十架。

四、中國陸軍方面，有正規軍兩百萬人，戰車及裝甲車共一萬五千輛，火砲兩萬門，直升機二千二百架。

台灣則有正規軍三十八萬人（含祕密訓練的部隊），戰車及裝甲車共四千五百輛，火砲三千五百門，直升機三百架。

相較之下，台灣在海軍及陸軍方面占下風，但台灣無意於爭奪海權，所以只在台灣本島布下全世界最密集的岸基制海飛彈，及因地制宜的飛彈快艇。

而自一九七〇年代中華民國放棄反攻大陸以來，也逐漸放棄了大陸軍國主義的思維，進而改採以逸待勞的島嶼守勢戰略，就算中國有再強大的陸軍也只能在台灣的狹小地形上作戰，更何況中間還隔著台灣海峽。

第十一章　大戰爆發

二〇二七年兩岸局勢一觸即發，張力已至極限，中國大肆徵召船隻做渡海準備，台灣則召集十八萬後備軍人入營，準備與中國大幹一場。

二〇二七年六月一日，中國開始有所行動了。

首先，航艦「遼寧號」與「山東號」率領四十艘各式艦艇，大張旗鼓地南下。

二〇二七年六月二日，航艦「廣東號」也帶領了十餘艘艦艇，由三亞往西北前去。

二〇二七年六月四日，當「遼寧號」行經琉球時，又加入三十餘艘大型登陸艦。

中國的意圖已經非常明確了，但台灣的衡山指揮部判斷這只是佯攻，主力應仍是西部。

中國在艦隊上直接布署四萬名重裝部隊，在福建沿海卻準備了二十八萬名登陸部隊與五十萬名正規陸軍。中國的如意算盤是先用海軍的大艦隊將台灣的海軍及部分陸軍吸引到台灣東岸，就在情勢緊綳到極點之時，再由艦隊對台灣東岸的海軍做全面性的突擊，到時台灣必定以為「西線無戰事」，而把目光都集中到東部來。

然後二砲再集中火力將飛彈與火箭傾瀉到台灣西北部，之後共軍二十八萬登陸部隊就能以雷霆萬鈞之勢，從西岸登陸台灣，壓垮薄弱的台灣守軍。對此一詭計，台灣也有了應對之策。

二〇二七年六月六日清晨五點整，中國艦隊在宜蘭東南方二百公里處，共軍指揮官一聲令下：「開始行動！」艦隊即向台灣東部的二十四艘台灣大型軍艦發射七十二枚反艦飛彈，同時，在福建各港口的氣墊登陸船也全數發動引擎，朝海峽中線靠過去。

中國海軍的「日炙反艦飛彈」在中美戰爭中已耗剩二十四枚，這次一齊派上用場；其餘四十八枚為「鷹擊十八」超音速反艦飛彈。

台灣的軍艦則是四艘「拉法葉」巡防艦、兩艘「紀德級」驅逐艦、六艘「派里級」巡防艦及十二艘由台船精心打造的靶艦，二十四艘船艦中以這十二艘「靶艦」的雷達截面積最大。另外，「拉法葉」艦已加裝「海燕」飛彈和「噴射魚雷」，以增強防空及反潛性能。

當中國艦隊一發射飛彈，立即被飛行在花蓮上空的中華民國預警機偵知，立刻報告衡山指揮部。

「來了！馬上發動全面反制！」指揮官下令。接著衡山指揮部一連下了十道命令：

一、給東岸巡邏的艦隊下令：「飛彈來襲，啟動反制計畫。」

二、立刻執行「雲雁行動」。

三、以「極低頻海底通訊系統」通知在花蓮外海水下的潛艦隊：「擊沉所有的敵艦及敵潛艦！」

四、命在屏東的第二制海航空大隊及在新竹的防空聯隊執行制海行動。

五、下令飛彈指揮部立即執行「捶妖行動」。

六、命令軍用機場的F-16執行「窮地行動」。

七、命令雲霄基地的三十二架「隱形戰機」執行「除根行動」。

八、命令北台灣啟動「天盾系統」。

九、命令全國各大機場起飛「復仇聯隊」，開始行動。

十、以「極低頻海底通訊系統」命令在西部海岸的「巡弋六號」執行「掃除行動」。

在宜蘭至蘇澳的外海，中華民國的第二驅逐艦隊旗艦「基隆號」戰情室報告：「指揮所來電通知，有大批反艦飛彈來襲，預定接觸時間為八分鐘後。」艦長下令：「通知各艦備戰，注意各艦位置。」各艦立即調整自身船位。

六分鐘後，「雷達已出現目標影像，距離六十五公里。」艦長下令：「攔截飛彈預備。」

「距離五十公里。」艦長下令：「飛彈連續發射、電子誘餌發射！」全員戰戰兢兢地準備接敵。

共有六枚飛彈對著「基隆號」及伴隨的靶艦襲來，「基隆號」共射出了六枚攔截飛彈，擊中了三枚反艦飛彈，「還有三枚！距離八公里，來得好快！」艦長急令：「近迫快砲自動模式。」

就在千鈞一髮之際，二十七㎜快砲擊落了兩枚反艦飛彈，另一枚卻擊中了兩百公尺外的「靶艦」，是「日炙飛彈」！威力驚人，迅速地將靶艦葬入海底。幸好擊中的是誘敵的空船，「好險。」基隆號艦長心想。

俄製「日炙反艦飛彈」是世界最大型的反艦飛彈，又是「倍音速」，飛彈無聲無息地擊中目標後，才能聽到嘯空之聲；又帶有一噸多重的彈頭，中型戰艦挨上一枚，鮮有不沉的。「基隆號」艦長不禁為艦隊的其它艦隻擔心。

果然，其它的艦隻可沒那麼幸運了，艦隊中另一艘「紀德級」驅逐艦「高雄號」部分受損，仍可作戰；「派里級」有一艘被擊沉、兩艘受創嚴重無法航行。最慘的是「拉法葉」巡防艦，四艘之中有兩艘被擊沉、一艘重創起火燃燒、另一艘部分受損；十二艘靶艦全數被擊沉。但「基隆號」艦長知道他們沒有時間悲傷憤慨：「各艦將受損軍艦圍入中央，艦隊成反潛隊形。」艦長知道還有一場大戰等著他們。

在釣魚台東方六十公里上空，有一架中國預警機自琉球起飛後就一直在監視著全台灣空域的一舉一動。

二〇二七年六月六日早上五點二十分，由玉山基地緊急起飛兩架「隱形戰機」朝東北偏北高速飛去。十五分鐘後，中國預警機連同伴飛的兩架殲-12，一起墜落在東海冰冷的海水中。此即為「雲雁行動」。

而中國至少要一個多小時才能遞補上另一架預警機，而一個多小時對台灣空軍而言已經足夠了。「雲雁行動」準備了二十四架「隱形戰機」，以兩架為一組，只要中國的預警機一升空，立即呼嘯而去啄瞎中國的雙眼。

在花蓮東北方一百五十公里處，「飛魚八號」正靜靜地中懸在海中，監視著東北方一百公里的中國艦隊，偶而也有幾艘中國的潛艇在十幾公里處經過。「悶死人了。」飛魚八號艦長心想。

「水下作戰」對於潛艦作戰人員來說，是無聊又令人心生恐懼的差事，一群人處在密閉空間，對於潛艦外的環境眼不能見，潛艦的航行全靠艦上電腦來運作。艦長身處密閉又擁擠的空間，對外界的環境全靠另一個更狹窄空間的聲納室所指揮，這一切都只是為了隱匿自己的行踪。

潛艦實際上又慢又不靈活，還有天敵，包括直升機、定翼機和敵潛艦，而潛艦的優勢則是它攜有威力強大的魚雷，不論是潛艦或水面艦，如果讓敵潛艦滲入到魚雷的有效發射範圍之內，一旦魚雷發射了，目標艦即難以逃脫。而且不管是多大型的艦隻，只要挨上一枚都會立刻失去戰力。

所以水下的戰爭，關鍵在於哪一方能潛到敵艦附近，發射魚雷，它就是贏家。

二〇二七年六月六日早上五點十分，忽然密碼機吐出一張密令來，飛魚八號艦長接過密令一看，隨即笑逐顏開：「弟兄們，可以開動了，讓我們先來點小菜吧，全艦靜音部署，航速三十節，向西北Ｔ１前進！」而「Ｔ１」是一艘剛從飛魚八號前面通過的共軍潛艦。

十四分鐘後，飛魚八號聲納室報告：「聲納接觸，西方十四公里，是Ｔ１！」「本艦左轉，減速為二十節。」

聲納室又報告：「Ｔ１距離十三公里，以十二節向西行進。等等，最新接觸，東方十一公里，以十九節向本艦前進，噪音稍小，研判是中國的核子潛艦。」「減速至十六節，一號、二號魚雷備便，艦尾五號、六號魚雷備便。」

聲納室再報：「T1距離十二公里，艦尾距目標十一公里，聲納鑑定為『禹級』核能動力攻擊潛艦，命名為T2。」

「一號魚雷瞄準T1，五號魚雷瞄準T2，聽我命令，一號魚雷放！五號魚雷放！」艦長聲音高亢地下令，艦首及艦尾兩枚魚雷呼嘯著朝各自的目標奔去。

「一號魚雷距離T1四公里，五號魚雷距離T2三公里。」兩枚魚雷帶著死神的陰影，逐漸籠罩了這兩艘共軍潛艦，「五號魚雷命中T2，船殼破裂聲；一號魚雷命中T1，船殼破裂聲。」

海水迅速灌進兩艘中雷的共軍潛艦內，連帶全艦人員一同沉入黑暗冰冷的海底。

擊沉了兩艘敵艦之後，飛魚八號還要趕赴與「巡弋五號」會合的地點，預定在二〇二七年六月六日早上六點整時共同執行新的任務。「巡弋五號」是由飛魚七號、八號、九號、十號所組成的巡弋戰隊，這次在前往目的地的途中總共擊沉了五艘敵潛艦，但「巡弋五號」並不知道自己在無形中已破壞了中國「南北合擊台灣艦隊」的計畫。

二〇二七年六月六日早上五點二十分，台灣的反制行動由飛彈指揮部的「發射」一聲中開始了，此即為「捶妖行動」，台灣全島各地冒出陣陣火光，四百二十枚飛彈發射了。五分鐘後，從福建平潭射來三枚標定用的火箭，不過來襲的火箭在海上就被「弓四」防空飛彈全數摧毀。「哼！想『標定射擊』？沒有那麼便宜的事！」飛彈指揮部的指揮官心想。

中國的車載彈道飛彈、固定式發射架及「后羿火箭」露天發射場，早已被中華民國的衛星鎖定（彈道飛彈只鎖定了百分之七十五），台灣所發射的四百二十枚集束彈頭將乘巡弋飛彈為它們帶來毀滅性的打擊。

中國中南海，眾人尚不知大禍就要臨頭了，大家沉浸在一片勝利將至的喜悅中。「發射后羿火箭！」「發射彈道飛彈！」

這時，「什麼！標定的火箭被擊落了？不管它了，全部發射，下次再校正。」二砲司令員大聲地說，遙控指揮著自己的部下，一心只以為可以收割台灣了，卻不知道已不會有第二波攻勢，連第一波都只發射了三分之二的后羿火箭就被阻止了；而彈道飛彈也只發射了四百枚，及另外在別的偏遠基地尚有五百枚未發射，其餘九百枚都在地面上就被摧毀了。

二〇二七年六月六日早上五點三十分，自屏東機場起飛了三十六架ＩＤＦＰ，每架翼下掛載兩枚空射型「疾風」飛彈及兩枚「箭五型」空對空飛彈，起飛後以超低空往東飛去。這七十二枚空射型「疾風」飛彈已是中華民國百分之七十五的庫存了。

飛行在雙園大橋上空六千呎的中華民國預警機：「復仇小隊，現在風平浪靜，請保持高度繼續向東以四百節飛行。」「收到。」

二〇二七年六月六日早上五點五十分，從佳山基地起飛四十八架F-16，機翼下各掛載兩枚「HARPOON」魚叉飛彈，與「AMRAAM」、「AIM-9P」各兩枚，朝著東北方飛去。預警機：「魚叉打擊大隊，請維持一百五十呎高度，四百節速度向目標前進。」

同一時間，早上五點五十分，二十四架IDFP翼下各掛載兩枚「雄風二」反艦飛彈及兩枚「箭五型」空對空飛彈，另有三十六架「星式戰機」依序自新竹起飛，在起飛的途中，響起了空襲警報，機群雖順利地起飛，拋在後頭的機場卻彈如雨下，那是「后羿火箭」已射到了。預警機：「漁人小隊，敵方艦隊在東方二百八十公里處，請自由攻擊。」「護漁中隊，請加速往東，高度一萬兩千呎，準備吸引敵機。」

預警機又命令：「復仇小隊，請向北轉，目標在北方二百二十公里處，請開始做衛星連線。」復仇小隊回答：「收到，五分鐘後開始攻擊。」從屏東起飛的三十六架IDFP在距中國艦隊一百四十公里處，射出了七十二枚「疾風飛彈」就掉頭返航了。

「疾風飛彈」在發射後依晶片的記憶飛行了一百三十公里，再打開自身的尋標器尋找預定的目標，若第一目標錯過了，尚有第二及第三目標。就這樣「疾風飛彈」以兩枚一組的模式，攻擊了中國艦隊中的三十六艘大型軍艦。

被「疾風飛彈」設定為目標者非沉即傷，因為擋得了第一枚，也擋不了第二枚，七十二枚飛彈共擊沉、擊傷了二十七艘中國船艦，二點五倍音速的「疾風飛彈」自發射到重創敵艦，只花了四分鐘。

魚叉打擊大隊已飛到距中國艦隊九十公里處，這時台灣的預警機：「魚叉打擊大隊，有六架敵機朝你們飛來，距離八十五公里，馬上把『魚叉』射出去！」魚叉打擊大隊立刻把「魚叉飛彈」向著目標發射過去，然後仰起機身準備迎戰了。

另一方面，從新竹起飛的二十四架ＩＤＦＰ也到達距中國艦隊一百公里處，眼看敵機已被「星式戰機」纏住，便好整以暇地瞄準敵艦，在八十公里處射光了四十八枚「雄二」反艦飛彈。

二〇二七年六月六日早上六點整，在中國艦隊南方九十公里處，二十五公尺深的水下，「飛魚十號」艦長一聲令下：「發射一號、發射二號、發射三號、發射四號，再裝填！」

過了五分鐘後，又來一次：「發射一號、發射二號、發射三號、發射四號！」「全發射出去了，連同友艦共有三十二枚，夠他們受的了。」

就在此時，忽聽聲納室驚呼：「水中有魚雷！東北方六公里，來自兩百五十公尺深的變溫層[2]。」

「巡弋五號」的四艘潛艦各攜有八枚魚叉潛射飛彈，他們接到的命令是靠近距中國艦隊八十公里處發射完飛彈後，接著一路往北掃蕩，直到中國艦隊近前再發起攻擊。「飛魚十號」是位於潛艦隊中最東邊的一艘，發射前沒有注意到位於北方九公里處深水區變溫層的一艘中國「基羅級」潛艦，等到八枚飛彈發射完時，「基羅級」已靠近到七公里處並發射魚雷。

「下潛！下潛！全速左迴，戰速前進！」飛魚十號艦長急令。

聲納室又報告：「魚雷六十五節，距離五公里，為俄製『TR-3』重型魚雷，出處判明為六點五公里外的中國『基羅級』潛艦。哇！又是一枚魚雷！」

「媽的，五號魚雷備便，瞄準敵艦，噴射推進備便。」艦長下令，心中忐忑不安，「不知這次能否逃過一劫，這可是飛魚十號第一次被魚雷追擊。」艦長心想。

輪機長：「本艦速度二十節，迴旋完畢。」艦長下令：「五號魚雷發射！噴射推進啟動！」

「本艦速度二十九節……本艦速度三十三節……，來襲的兩枚魚雷距離一千八百公尺與四千八百公尺。」「本艦速度四十八節，來襲的兩枚魚雷距離八百公尺與三千八百公尺。」「本艦速度六十六節，來襲魚雷距離約一百五十公尺與三千一百五十公尺」「本艦射出的魚雷擊中敵艦，船體破裂聲。」

「本艦速度六十八節⋯⋯」艦長一聽面露喜色，魚雷速度是六十七節，應該已經安全了，但就在此時，一陣劇烈的震波傳來，把艦內眾人掀倒在地，幸運之神這次轉而眷顧對手了。

這枚「TR-3」重型魚雷接近到距離目標一百二十公尺時，卻又突然感到目標正開始遠離，便啟動了戰雷頭的自毀開關，於是魚雷便在飛魚十號艦尾一百四十公尺處自爆，爆炸的爆震波從艦尾橫掃至艦身直至全艦。

艦長：「災損報告。」

輪機長：「超導體驅動系統全部失去動力，本艦速度急驟下降中。」

前魚雷室：「少量進水，無其它損傷。」後魚雷室無人回報。

聲納室：「還有四十秒才能開機。」

輪機長又報告：「本艦噴射推力正常作動中，現在本艦的速度三十九節仍在下降中。」

這時突聞聲納室傳來驚呼聲：「糟了，第二枚魚雷仍在追擊本艦，距離兩公里，如今本艦速度三十三節，預計接觸時間兩分鐘。」

艦長急令：「上浮！上浮！」艦長希望上浮時能幫助潛艦增加速度，而且若被擊中，在水面上的生存機會比較大。

聲納室又報告：「距離一公里。」

艦長下令：「放出遭難浮標。」眾人心知恐怕是凶多吉少了。

聲納室再報：「距離三百公尺……接觸時間五秒、四秒、三秒、二秒、一秒！」魚雷便在艦腹下方爆炸，爆震波殘酷地將飛魚十號扯得慘不忍睹，使得它在尚未浮出水面時便又沉入海底了。

飛魚十號全員罹難，這是中華民國海軍史上第一艘被擊沉的潛艦。

同一時間，在新加坡上空三萬七千公里處，中華民國「同步五號」衛星立即收到飛魚十號遭難的訊息，並同時通知衡山指揮部。

中華民國有八個大型軍用機場，同屬於易受攻擊的區域。早上五點三十分，從台灣各地的軍用機場共起飛了九十六架F-16，滿掛各型對地攻擊武器，飛機在空襲警報聲中緊急起飛，他們全都義無反顧地朝向各自的目標奔去。也就是說，在空襲時，中華民國空軍在大型機場中的主力戰機已傾巢而出。

時間回到稍早，早上五點二十五分，台灣本島各地響起空襲警報聲，這時位處「天盾系統」最外緣的THAAD與艦載反飛彈已經開始發射了。但突然間，THAAD停擺了，因為雷達部已被「后羿火箭」摧毀。

這次中華民國在台灣西岸布下了二十八艘軍艦，並延伸射界，接下來「弓四」飛彈、「愛國者P3」飛彈、光束砲也相繼開火了。

中國這次共發射了三百九十八枚彈道飛彈，計有九十四枚成功地避過了「天盾系統」的攔截，不過各目標區並非是平均著彈的。

中國對台灣的預定打擊目標是七大軍用機場（第八個軍用機場「新竹」由「后羿火箭」負責攻擊）及四大軍港，其中每個目標都只著彈三至八枚，唯一的例外是蘇澳港。

一九九四年中國江蘇蕪湖建造了彈道飛彈發射基地，基地中共有五十六枚飛彈，其目標自始即為蘇澳。在早上五點二十五分台灣所發動的巡弋飛彈攻勢中，漏失了「蕪湖」這個目標，又由於角度的關係，使得台灣的攔截較不易，故而闖進了三十六枚彈道飛彈。

蘇澳港的近迫武器拚了命才攔下五枚，剩餘的三十一枚便全數落在港區。六艘緊急發進的制海艇依序通過蘇澳港的防波堤時，已從身後傳來陣陣的爆炸聲，「看著吧！我一定會為你們報仇的！」岷江艦艦長憤怒地想。

共軍來襲的彈道飛彈造成台灣蘇澳港重大損傷：油彈補給艦一艘、近岸制海艇兩艘、飛彈快艇六艘，及作戰指揮中心包含一座反艦飛彈發射組。

在蘇澳港以外的地區造成六架F-16、五架「星式戰機」、兩架「C-130」運輸機，及七大機場跑道大小不等的損傷，港口則有一艘掃雷艦及兩座制海飛彈發射台被毀，平民死傷二百九十人。

「后羿火箭」的攻擊目標是新竹空軍基地及新竹海岸的三座制海飛彈發射台與一座「愛國者Ｐ３」發射台，還有淡水、八里及關渡的四座制海飛彈發射台及四座「弓四」發射台與樂山雷達站，和河口的反登陸陣地及湖口的裝甲兵司令部。

中國所有的「后羿火箭」一次可發射三千五百枚，第一波發射時受到台灣巡弋飛彈攻擊，只發出了二千五百多枚，其中只有百分之六十落在目標區，卻已造成台灣莫大的傷害。

新竹沿海至機場著彈八百多枚，八里、淡水與關渡一帶著彈五百多枚，樂山雷達站著彈一百多枚。

新竹沿岸的三座反艦飛彈發射台及一座「愛國者Ｐ３」飛彈發射台全被炸毀，機場跑道被炸穿，飛機已無法起降，跑道上與機庫中有三架ＩＤＦＰ及兩架「星式戰機」被破壞，更嚴重的是有一個中隊封存的十二架幻象機全數被炸成廢鐵。更慘的是，湖口的裝甲兵司令部被炸得面目全非，已成半毀狀態。

在八里、淡水、關渡三地則猶如受到地獄來的攻擊一般，民宅毀損九百多間，平民死傷三千多人，反艦飛彈發射台四座全毀，「弓四」飛彈發射台兩座被炸，其餘的軍事設施幾乎已呈全毀狀態，台灣的「盾」已被劈開了兩道缺口。

早上五點三十分，在中國南京的作戰司令部，眾人正興高采烈地討論如何進行第二波攻勢。忽然，一名參謀跑進來說：「報告，福建、浙江遭到大量飛彈攻擊，目前災情不明。」

南京軍區白司令急問：「我們的飛彈、火箭發射出去了嗎？」參謀回答：「大半都發射出去了。」白司令說：「別擔心，我們只會受點皮毛傷而已。」

這時報告又陸續送來：「已擊沉十八艘台灣的大型船艦！」

白司令說：「很好，剩下的就讓潛艦去收拾他們……」話未說完，又有新情報進來，白司令一聽大驚：「什麼？東海上空的預警機被擊落了？快從浙江再派一架起飛！」

這時白司令的副官說：「那兩架預警機是用來配合等會的『鋪天蓋地』大轟炸行動用的，最好不要打亂原來的計畫。您如果不放心，可叫艦隊多派出幾架飛機以防萬一。」白司令說：「好吧，我諒台灣也玩不出什麼把戲。」

早上五點四十分，自台灣中央山脈的六個雲霄機場起飛了三十二架「隱形戰機」，每架只掛載一枚炸彈，以四百節的速度朝中國大陸飛去。另外又起飛了一架預警機前往海峽中線，以指揮「隱形戰機」的作戰。

早上五點五十分，中國艦隊旗艦「遼寧號」艦橋上，電訊室報告：「指揮部剛剛連絡，要我們多派幾架飛機上去。」

艦隊司令說：「怕什麼？台灣還有能力攻擊我們嗎？好吧，再派六架上去。」五分鐘後：「東面兩百公里處有大群台灣戰機高速來襲。」「叫那二十四架ＳＵ－35迎上去。」

又過了兩分鐘，「西南方九十公里處有約五十架敵機低空來襲！」「派剛起飛的六架殲－15前去攔截，另外再緊急出動十八架殲－15。」司令的聲調已不似先前般的泰然自若。

又再過了三分鐘，「六架殲－15距離敵機尚有七十公里，敵機已射出反艦飛彈。」

艦隊司令命：「立即停止起飛作業，艦隊成作戰隊形，目標西南方。」

艦隊作戰官接過指揮權：「各艦注意，反艦飛彈從西南八十公里處襲來，所有對空武器瞄準西南方向。」艦隊如臂指使，一切井然有序。

「注意，反艦飛彈即將出現在雷達螢幕上，發射所有干擾器！」就在此時，突然從意料外的東南方攻入七十多枚反艦飛彈，其中有七十一枚擊中了二十九艘共軍船艦，艦隊登時手忙腳亂。

兩分鐘後，九十六枚魚叉飛彈又從西南攻了過來，再過五分鐘又攻來兩波飛彈，是潛艦發射的三十二枚魚叉飛彈與西方低空發射過來的「雄二」反艦飛彈。

四波飛彈攻擊過後，留下了一片狼藉，艦隊作戰官：「各艦回報災損。」

統計結果為：作戰艦隻被擊沉十九艘，包括兩艘巡洋艦；被擊毀而失去作戰能力的有九艘，包括航艦「福建號」；遭擊傷的共有二十六艘大小各型船艦。

空戰也很快地結束了，在西面高空，七架「星式戰機」被擊落，換得十三架SU－35在空中被擊毀；在西南低空則是有兩架F－16與五架殲－15同歸於盡。

作戰官：「報告司令，指揮部已告知將派一架預警機升空。」共軍艦隊司令：「哼！馬後炮！」

九十六架從台灣起飛的F－16分成八個中隊，負責攻擊七個中國的彈道飛彈基地及一個直升機裝配廠，另一批三十二架「隱形戰機」也是分成八個小隊，分襲福建平潭的兩個「后羿火箭」發射場與兩個直升機起降場，以及福州的兩個直升機起降場及兩個港口。

早上六點零五分，南京軍區作戰指揮部，白司令非常生氣地對著副官說：「都是你害的，我可不知要如何安撫海軍那一批人的怒氣！」

副官趕緊陪笑著岔開話題說：「我們剛剛已派出了兩架預警機，現在連一隻耗子也逃不過我們的眼底了。」話剛說完，傳來預警機緊急報告：「台灣飛機來襲！大約一百架，現已低空滲入我國內陸！」

白司令急令：「快派飛機去攔截。」

「且慢！」副官又說：「現在敵機已在內陸，若貿然派飛機攔截，將會造成地面防空系統的混亂。」

白司令大怒：「你給我閉嘴！難道要我們在地面任人宰殺嗎？你不要再出餿主意了。」

台灣一偵知中國起飛了兩架預警機，馬上派「雲雁」小組前往狙殺。

一般人對空戰的想像是，兩架戰機在萬里無雲的天空中彼此互咬尾部，勝負取決於有較小迴旋半徑與較佳操控的一方；或是兩架戰機彼此在百里之遙，逐漸進入射程，然後發射飛彈繼而開始閃躲，勝負取決於雷達與飛彈的性能。

真正的空戰根本不是那一回事，兩群戰機在百公里外互相搜尋，直到進入對空飛彈的射程內，發射飛彈，這是最理想的狀態。但是理想與現實的差異頗大。

戰機的雷達並不是全方位的，若讓兩群戰機各自用自身的雷達來導引一場空戰，那將是一齣悲劇，「預警機」就是在這種時空背景下的產物。

預警機可以居高臨下，掌握方圓五百公里的一切動靜，鉅細無遺，更可以指揮三百公里內的空戰，更重要的是，預警機上裝有威力強大的「都卜勒雷達」[3]。自第三代戰機起，全都裝有「都卜勒雷達」，但並非是全方位的，所以無法同時鎖定多個目標，且無法長時間持續鎖定單一目標。

全方位的「都卜勒雷達」可自複雜的海面或地面背景中，分離出移動的目標，甚至可以偵測到行駛中的汽車，如此預警機可以讓「偷襲」絕跡，卻可以指揮已方的戰機偷襲無預警機的敵機。所以中國與台灣這次的空戰，可說是勝負取決於雙方的預警機實力。

八個中隊的F-16預定攻擊中國的七個彈道飛彈基地及一個直升機裝配廠，分別是福建三個、浙江三個、江西兩個。其中福建的三個基地因為較近，中國的攔截機未及攔截F-16，便被三十六架F-16投下炸彈，揚長而去。

接下來的五個中隊可就沒那麼幸運了。

中國預警機：「飛龍大隊注意，放棄追趕福建的敵機，立即以九千公尺的高度、九百節的速度趕赴景德鎮，預期另兩批敵機將要攻擊景德鎮。」飛龍大隊隊長：「收到！照辦。」

這兩個中隊的F-16確實是預備前往景德鎮執行轟炸任務。景德鎮有一個彈道飛彈基地及全中國最大的直升機裝配廠，但F-16這次可說是踢到大鐵板。

位於浙江北方的中國預警機則是引導三個中國的戰鬥機隊，在浙江東方埋伏。這時，中華民國預警機：「第一、第二、第三小隊請注意，前方三十公里處的山坡中有敵機埋伏，現在大家聽我的號令：各F-16中隊的護航編隊拋棄炸彈出列，繞過山丘，自左側突襲敵機。轟炸編隊減速繼續直飛。」於是台灣的十二架護航編隊的戰機各帶著六枚「響尾蛇飛彈」加速左轉而去。

浙江北方的中國預警機：「雷龍小隊，敵機已快到達，大家屏息以待，等我的號令。」突然間中國預警機一陣緘默，雷龍小隊不知道預警機已被擊毀。

原來就在間不容髮的一刻，中華民國的雲雁小隊已趕到浙江北方將中國的預警機擊落。雷龍小隊頓時如無頭蒼蠅，不知所措。

五分鐘後，雷龍小隊領隊：「各機注意，預定敵機將在三分鐘後飛經頭頂，準備發射飛彈。」但出乎意料的是，三分鐘後，忽然從南方山谷射來幾十枚飛彈，立時擊落了十一架殲－12，剩下的二十幾架殲－12登時如驚弓之鳥，已無心再戰，轉而四下潰逃。

餘下的中華民國六十架F－16各自前往預定的目標，執行轟炸任務。

同一時間，中華民國二號預警機指揮著遠在中國大陸、已到景德鎮上空的F－16復仇小隊：「復仇小隊請注意，前方有敵機埋伏，立即左轉。」過了三分鐘，「南方又有三十多架敵機包抄而來，目前復仇小隊已受南北夾襲，避無可避，立即拋棄炸彈，準備應戰！」

復仇小隊：「先由護航小隊拋棄炸彈，前往迎戰，轟炸小隊暫不拋棄炸彈。」八架護航小隊的戰機拋棄炸彈，開始急速往南加速與爬升，希望能獲得速度與高度上的優勢。

每個中隊的F－16，都有四架各攜帶六枚「響尾蛇飛彈」和少量的炸彈，一旦遇上敵機，立即出列與敵機周旋。

兩分鐘後，中華民國二號預警機：「糟了，北方四十公里處又有三十多架敵機已成包夾之勢，復仇小隊趕快拋棄炸彈，準備迎戰！」

於是十六架F－16拋棄炸彈爬升至二千公尺高度時，突然機上的雷達警報器大響，他們驚覺自己已被數十枚飛彈鎖定，原來是中國的飛龍大隊二十四架殲－12已發射了四十八枚「蟠龍二十七」中程空對空飛彈。

十六架F－16拚命地閃躲，仍是被擊落了七架。這時殲－12又發射第二波「環礁五」短程紅外線追熱飛彈共二十四枚，F－16又被擊落四架。這時遠在湘灨邊界上空飛行、一直在指揮著飛龍大隊的另一架中國預警機又被「雲雁三號」擊落了，這才減輕F－16的壓力。

二十四架F－16最後只剩八架得以返航，這是中華民國空軍最慘烈的一役，而轟炸景德鎮的任務以失敗收場。

自此役之後，中國空軍再也不敢輕易派出預警機，反正他們在天上還有別的方法監控台灣的動靜。

在同一時間，在福建平潭的「后羿火箭」發射場，各人正趕著收拾被飛彈攻擊後的殘局，準備湊和著再次發射。往東六公里處，有兩個直升機起降場，他們剛接到命令，要緊急出動。這裡有二百四十架「虎二型」攻擊直升機（又稱「直十九型」）和二百六十架「虎二B型」運兵直升機，大家興高采烈地準備迎接「解放台灣」的偉大歷史一刻。

忽然間，這四地的空中響起十六聲悶響，接著自五百公尺的空中降下十六道藍光，每一道藍光都伴隨著一團熱氣流，途經之處又跟空氣中的氧氣結合成為更大的氣流並產生更多的熱能。氣流到達地面時已有千度以上的高溫，地表上的人一吸到這種灼熱氣流，肺泡立刻被無情地摧毀。

十六道奪命的藍光之下，大約有九成的死亡率，那是由十六架「隱形戰機」所投下的十六枚「青雲凝爆彈」。

「青雲凝爆彈」是重型燃燒彈，專門用來對付地表上大面積的軟性目標。在五百公尺高空爆開之後，內中約二千公斤的凝結狀快燃物緩緩下降，經過十五秒的初步擴散之後再引爆，跟著形成一團火球，一邊繼續擴大，一邊急速下降，至地面時已成一個方圓二千公尺的高溫區，區內溫度不但高達一千度以上，並把區內的氧氣全部燃燒殆盡。

十五分鐘後，在福州同樣響起了十六聲悶爆聲，但起降場中的直升機在二十分鐘前剛接到命令，全部緊急起飛了，而碼頭的登陸艦艇也已於一個小時前出港了。

早上七點整，北自南京，經過浙江、福建，南至廣東的珠海，起飛的四百二十四架共軍戰機已集結完成。司令部一聲令下，全體朝台灣飛去，這是中國對台灣的第二波攻擊。

早上七點零五分，台灣高屏溪出口附近一百二十公尺深海底，中國「禹級」核能動力攻擊潛艦五號艦如一條死魚般的躺在海底，它與「禹級」四號艦分據西螺濁水溪的出口及南部的高屏溪出口。他們接到的命令是「早上七點之後，偷襲所有經過的台灣船隻」。

「禹級」五號艦牛艦長下令：「啟動反應爐，上浮至二十五公尺。」「他媽的，已經憋了三天了，現在總算可以打打獵了。」牛艦長心想。

突然，聲納員驚呼：「水中有魚雷！天啊！這是什麼東西？距離本艦七公里，速度……一百二十節！」

牛艦長大驚，急令：「右全舵，全速前進！」艦長明知這只是盡人事而已，只盼望有奇蹟出現，他總算體認到什麼是「螳螂捕蟬，黃雀在後」的意義，不幸的是這次自己當了螳螂。

奇蹟終究沒有出現，兩分多鐘後，高屏溪出口又多了幾千噸的廢鐵。同一時間，在濁水溪出口處上演了同樣的戲碼、同樣的結局，飾演「黃雀」的分別是中華民國海軍的飛魚五號與飛魚六號，合稱「巡弋六號」。

另一方面，中華民國預警機：「自大陸福建飛來數百架直升機，目前已接近海峽中線。」衡山指揮部：「立刻派出戰機，將他們全數擊落！」

三分鐘後，預警機又報：「大陸江蘇、浙江、福建、廣東各地起飛超過五百架戰機，目標顯然是針對台灣。」

衡指部：「來了！直升機就讓別人操心吧，派出所有一級與二級基地的『星式戰機』全面攔截，並派出兩中隊的『隱形戰機』加入，馬上再起飛一架預警機，務必在海峽中線以西攔住！」

又過了十分鐘，預警機：「大陸戰機集結完了，總數大約五百架，現已轉向朝東前來。」衡山指揮部冷靜地向各基地下令：「大家為生存而戰吧！」

中華民國的一號預警機：「復仇小隊，中國來犯的飛機前鋒有六十架小型目標，應是巡弋飛彈或無人機，你們過去攔截。」

復仇小隊剛結束福建的轟炸任務，現正在回程的路上。原有三十六架，在轟炸任務中被地面砲火擊落了兩架，這三十四架F－16各只掛載兩枚AIM－9響尾蛇追熱飛彈，銜命立即轉向朝西北飛去。

中國這次共出動了SU－27、殲－20、殲－12、殲－11、殲－10、轟－6等四百八十四架戰機及六十架載著兩百五十公斤炸藥的「CQ－801」自殺式無人機。

中華民國二號預警機：「黃雀第一中隊，南方有六架殲－20帶領八架轟－6朝屏東而來，估計是要攻擊屏東機場，立刻前往攔截；黃雀第二中隊，台南有十二架ＳＵ－27入侵，後面還跟著十六架殲－11，立即前往攔截。」

中華民國三號預警機：「紅色聯隊負責抵擋從西北方來的敵機，橙色聯隊與黃色聯隊負責抵擋從西面而來的大機群，綠色聯隊負責抵擋從南面而來的敵機，預防他們從台灣中部切入攻擊花東地區。」

「星式戰機」這次總共出動了十六個中隊，一百九十二架戰機，分成「紅」、「橙」、「黃」、「綠」四個聯隊，接受預警機指揮。

早上七點三十分，橙色聯隊先鋒中隊王隊長接到三號預警機的命令：「敵機群前鋒距離七十公里，你的中隊各依序選擇兩個目標同時發射飛彈。」

王隊長指示他的另十一架戰機一起瞄準敵機後，一聲令下：「發射！」二十四枚「飛箭六」飛彈朝敵人直奔而去。

忽然間，王隊長在雷達螢幕上發覺異狀，在敵機群之後三十公里低空處，有另一群敵機已發射飛彈，王隊長急忙通報三號預警機，並詢問是否要擊落它們？

三號預警機：「不用了，你只需注意前面的戰況就好了。」就是這一道因循守舊的命令即將害死數百人。

王隊長眼看又有九架敵機進入射程，便命令他的中隊再發射飛彈，此時敵機也開始發射飛彈，王隊長的中隊在匆匆發射了飛彈後，便一個大迴轉全數往東飛去。王隊長心中一直無法釋懷，敵機那低空發射的飛彈，到底是打什麼目標呢？

王隊長的中隊脫離之後，立刻有別的中隊遞補進入戰場，但戰場實在太狹窄了。在橙色聯隊與黃色聯隊擊落六十七架敵機和己方損失二十九架戰機之後，終究被優勢數量的敵機突破戰線，接近台灣海岸線，紅色聯隊與綠色聯隊也是如此。

而低空發射飛彈的機群是十六架轟－6與兩架殲－12，他們的武器是六十四枚「鷹擊十八」與四枚中國僅剩的「KH－36a」俄製超音速反艦飛彈，發射完飛彈之後，他們就掉轉機頭西返。

在台灣西北部沿海，中華民國第一巡弋艦隊艦隊長方大富身處「定遠號」驅逐艦的作戰室。

「定遠號」率領另三艘驅逐艦與二十艘巡防艦，在西北海岸做為「天盾系統」的第二道防線。兩個多小時前才經歷一場驚心動魄的國土保衛戰，艦隊幾乎用盡了所有的「標準二型」與「海弓三型」防空飛彈，才擊落了大約九十枚彈道飛彈。方大富總覺得有什麼事不太對勁。

剛剛接到司令部通知，共軍大批軍機空襲台灣本島，方大富打算用搜索雷達擾亂敵機，等敵機進入射程再賞他們幾顆飛彈，就像在打獵一樣的簡單。

忽然電訊室來報：「預警機通知，有大批反艦飛彈來襲！」

「各艦準備應戰！」方大富下令，心裡恍然大悟：「是了，自己一直有不祥的預感，原來自己的艦隊才是敵人的第一號獵物。」

方大富令各艦回報防空飛彈數量，這才知道各艦有的只剩三枚，有的甚至只剩一枚。艦隊作戰官：「各艦注意，飛彈即將出現在雷達螢幕上，開始發射誘餌。」接下來的五分鐘是一陣驚天動地的忙亂。

自淡水到新竹一線的外海，共有四艘驅逐艦及十三艘巡防艦，各受到共軍四枚反艦飛彈的鎖定，這次共軍的反艦飛彈發射順序經過嚴密的計算，務求每四枚都要在同一時間到達目標。共軍現在已是全世界對反艦飛彈最富實戰經驗的國家。

中華民國巡防艦「花蓮號」王艦長下令：「發射！再發射！」「花蓮號」位於新竹外海，現正陷入被四枚反艦飛彈同時攻擊的驚險關頭，用盡了艦上僅有的兩枚「海弓三」防空飛彈也只能攔下一枚反艦飛彈。

「花蓮號」艦長下令：「近迫快砲預備。」船體左轉十五度以便於艦首與艦尾兩座二十七㎜快砲的操作。一分鐘後，兩座二十七㎜快砲同時開火了。兩座快砲也幾乎同時擊毀了兩枚反艦飛彈，但是不待快砲調整砲身重新瞄準，第三枚反艦飛彈已擊中艦舯，強大的爆炸威力炸死艦身中段的十六人，連作戰室中的人都全被掀翻在地板。

王艦長下令：「全力救火，各單位回報災損。」五分鐘後，王艦長要電訊室連絡旗艦，卻連絡不上，改連絡隊本部，才知道自己是十七艘戰艦中唯一倖存的艦隻，其它各艦不是沉沒就是已成廢船在海上載浮載沉，於是「花蓮號」奉命直接駛回高雄港。

再回到共軍的轟炸編隊，共軍這次有二百八十架戰機裝載對地武器做為轟炸機，在大約二百架空優戰機的掩護下，已衝到台灣的海岸線前，而且轟炸機編隊只損失了十四架，但當他們以低空將要進入台灣本島前，卻遇上了史無前例的攔阻。

台灣的西部海岸線一字排開了六十八艘制海艇，制海艇以其「匿蹤」的特性埋伏在岸邊，共軍的轟炸機群壓根兒就沒發現制海艇的存在。整個編隊興高采烈地以三百公尺的高度飛行，笑著討論將如何對中華民國陸上目標大肆轟炸，沒想到除了岸邊的防空飛彈之外，中華民國另有殺手鐧。

瞬時，埋伏在海岸線的制海艇上的二十七㎜快砲開火了。

制海艇受預警機的指揮，等敵機進入三千五百公尺的範圍內再開啟射控雷達。三秒鐘後，每分鐘五千五百發的快砲就開火了，轟炸機群在毫無預警之下，眼見前頭的友機被一道光束如切牛油一般地切開，跟著便輪到自己了。

二十七㎜快砲精準的射擊使得戰機毫無招架能力，只有改變航路與急升高度閃躲，殊不知這樣正好進入九〇㎜艦砲的火力範圍內。

制海艇的九〇㎜艦砲每分鐘發射二十四枚破霰彈，經電腦計算彈道，將砲彈射至飛機頭頂再爆炸，其威力有如八英吋榴砲，這型艦砲的最佳射界是三百公尺至五千公尺高度，二千公尺至一萬八千公尺距離，其九〇／七五倍徑的砲身可靈活地將砲彈射至射控電腦所指定的定點再爆發，砲彈內裝TMX高爆藥，威力無與倫比。

這一次共軍的轟炸機隊可是吃盡苦頭，凡是途經制海艇上空的機群，就像竹筍般的被剝下數層皮，總共有五十一艘制海艇與共軍的戰機狹路相逢，短短的十多分鐘便擊落了九十二架轟炸機。經歷驚魂的轟炸機群好不容易總算到了台灣本島岸上，但還有其它難關等著呢！

台灣北、西、南三面共有十一座「愛國者P3」及「弓四」飛彈陣地，其中四座已在彈道飛彈與「后羿火箭」攻擊中被毀，另有二十七處野戰防空砲兵及鷹式飛彈陣地。轟炸機群飛行的路徑經過六座飛彈陣地，及十六座防砲陣地，這些陣地立即發出怒吼，拚命地開火，馬上又被擊落了七十二架，這時轟炸機群除了最初發射完反艦飛彈、已返航的十八架之外，只剩不到一百架。

這不到一百架的共軍飛機卻造成了台灣本島非常慘重的損失，而這批轟炸機則有六十二架逃回大陸，負責護航的兩百四十架戰機則有一百八十架被擊落。台灣方面則是損失了六十二架「星式戰機」與在地面被炸毀的三十二架各式戰機。

更有甚者，在宜蘭上空的中華民國第三號預警機，被一枚來自SU-27的俄製「白楊三」長程空對空飛彈所擊落，機組員全數罹難。而三十四架復仇小隊的F-16戰機，在毫無抵抗的情況下，逐一擊落了中國的無人機。

另外，黃雀小隊也成功攔下共軍的戰機，並擊落了三架殲-20、七架轟-6、七架SU-27與九架殲-11。

台灣另有五個機場被毀，六處矩陣雷達被炸，位於林口的預警雷達也被毀，捍衛嘉南平原的反登陸火網也半數報銷。

橙色聯隊第一中隊王隊長的長兄正是「花蓮號」艦長，在王中隊長返航途中已知「花蓮號」的遭遇，他自己的中隊也損失了四架戰機。返回已被炸得體無完膚的機場後，他立即向指揮官申訴，表示當時他的中隊絕對有能力攔下那些反艦飛彈的。

指揮官聽完後說：「算了吧，你還不知道三號預警機已被擊落了嗎？幸好你大哥平安無事。」王中隊長聽完後悵然無語。

早上八點整，共軍二百一十架戰鬥直升機與二百四十架運兵直升機已然靠近到新竹外海，這時二十四架中華民國ＡＨ-1眼鏡蛇戰鬥直升機與四十八架ＡＨ-64阿帕契戰鬥直升機率先迎面開火了。

ＡＨ-1的機首之下配有一具二十三mm三管機砲，ＡＨ-64則在機首之下配有一具三十mm鏈砲，這兩型直升機都各外載八枚「針刺」空對空飛彈，火力強大，但可惜寡不敵眾，雙方一照面之下，擊落了六十架共軍直升機之後就被包圍，形成被共軍圍攻的情形。最後在總計擊落共軍一百一十八架直升機之下，整個中華民國七十二架攻擊直升機就此淹沒在共軍的機群裡。而新竹外海的八艘制海艇已返港補給彈藥，所以共軍直升機就此無人攔截，長驅直入。

剩下三百多架共軍直升機如入無人之地般直飛新竹空軍基地，共軍只受到輕微的抵抗，就占領了新竹機場。

再回到台灣東北部海面，早上九點二十分，中華民國第二驅逐艦隊在將近四個小時之前受襲後，艦隊長下令組成反潛隊形。兩個小時前，六艘制海艇前來加入，現在這六艘制海艇已被派往艦隊東北方十五公里的扇形區域，而東方及東南方則由九架ＳＨ-60反潛直升機共同負起反潛任務。ＳＨ-60並不斷地拋下聲納浮標及用吊掛式聲納不停地搜索可疑的海域，而制海艇則有精密的水下聽音裝置及主動聲納。

早上九點三十分，「來了！」四號制海艇：「聲納接觸，東北方七公里，速度九節。」作戰官下令：「先不要攻擊！」緊接著二號制海艇：「東方八公里聲納接觸，速度七節。」

空中的八號直升機也有發現敵踪：「聲納接觸，六公里，東南東方，速度七節。」作戰官令：「九號直升機立刻前往支援八號直升機。」四號制海艇又報告：「東北東方又發現一艘敵潛艦，距離九公里，速度九節。」作戰官下令：「全艦隊開始攻擊！五號制海艇立刻前往支援四號制海艇，直升機投放魚雷。」寧靜的海底瞬時熱鬧起來了。

一號直升機也乒到了敵艦：「東南方聲納接觸，距離六公里，十六節，急速接近中。」指揮官下令：「立刻攻擊！」

海中突然多了五枚魚雷，制海艇艦尾配有兩枚噴射魚雷，而SH－60除了三架攜有吊掛式聲納外，另六架則掛載了各一枚「MK－46」輕型魚雷。

在眾人屏息等待之下，首先傳來二號制海艇報告：「已擊中敵艦，為確認擊毀，將再發射一枚魚雷。」「魚雷已發射……等等，聲納又有接觸，東方九公里處，魚雷已用盡，請求支援，請求支援！」

作戰官下令：「『蘇澳號』全速前往支援！」「蘇澳號」立即出列，以三十節急速追過去。

作戰官再下令：「再出動兩架直升機，前往支援其它直升機作戰。」

二號制海艇所攻擊的是共軍的「W級」潛艦，在它身後是另一艘「W級」，這艘潛艦聽到爆炸聲後便嚇得掉頭撤退。二號制海艇雖然已沒有魚雷，卻仍繼續跟蹤逃走的「W級」，以導引「蘇澳號」前往，直到「蘇澳號」發射魚雷擊沉第二艘「W級」潛艦為止。

總共第二驅逐艦隊擊沉了六艘共軍潛艦。共軍這次共派出十二艘潛艦，想以「狼群戰術」一舉消滅中華民國海軍的殘餘兵力，不料卻在中途被飛魚潛艦擊沉五艘，而中華民國又派出六艘制海艇加入艦隊，使得共軍的十二艘潛艦最後僅有一艘逃出生天。

同一時間，另一場水下的戰爭在東方一百八十公里處展開了。飛魚七號、八號、九號以二十五公里的間隔，自一百公里外向中國艦隊掃蕩而去。

經過三個小時的清除障礙，其間又擊沉了八艘共軍各式潛艦，現在已到了中國艦隊跟前。「飛魚級」潛艦天不怕、地不怕，卻頗為顧忌艦載直升機，因為即便使用噴射推進，「飛魚級」的航速仍遠不及直升機。

飛魚七號以十節靜靜地航行在水下一百公尺深處，聲納員聽著十公里外那嘈雜的中國艦隊。飛魚七號艦長在等待著……，早上九點三十分，時間到！

艦長下令：「開始攻擊！魚雷一號發射！二號發射！三號發射！四號發射！右轉，全速前進，魚雷再裝填。」飛魚七號右轉尋找新目標，覓得新目標後，飛魚七號左轉正對目標。

飛魚七號聲納員：「新目標設定為兩艘『江滬級』巡防艦。」艦長又令：「一號至四號雷魚雷預備。」

發射員回答：「兩艘『江滬級』各以兩枚魚雷瞄準完畢。」艦長令：「發射一號魚雷、二號魚雷、三號魚雷、四號魚雷！右轉全速前進，魚雷再裝填！」

魚雷在發射了兩批之後要再裝填，需時二十分鐘，但一分鐘後，聲納員驚呼：「正前方十公里處聲納接觸，是『煙台級』巡洋艦，正以二十五節向本艦前來。」艦長急令：「本艦一百八十度迴轉，艦尾五號、六號魚雷備便。」

又再過了一分鐘，聲納員再報：「本艦已迴轉完成，巡洋艦在本艦艦尾八公里處，巡洋艦已派出了直升機，本艦正加速中。」艦長下令：「五號魚雷、六號魚雷目標巡洋艦，發射！」

「我方魚雷距離巡洋艦七公里，巡洋艦又派出了第二架直升機。」艦長下令：「全速前進，噴射推進備便。」

「聲納接觸，一點鐘方向，九公里處，是『勇壯級』驅逐艦。」「敵艦的直升機即將臨空，我方魚雷距離巡洋艦一公里。『勇壯級』距離八公里。」聲納員接連報告。

艦長下令：「全速左旋，五號、六號魚雷備便。」

「我方所發射的魚雷兩枚都命中巡洋艦，『勇壯級』也派出直升機。」

艦長下令：「五號、六號魚雷目標『勇壯級』，發射！噴射推進啟動！」

聲納員報告：「直升機投下魚雷，距離二點五公里……是『TR-2S』，速度五十八節，本艦目前四十九節加速中。」

艦長急令：「下潛至極限深度。」

聲納員：「本艦速度五十五節，來襲的魚雷距離二公里。」「本艦速度五十九節，深度三百六十公尺，來襲魚雷距離二公里。」飛魚七號即將挑戰「潛深極限」。

「本艦速度七十節，深度四百二十公尺，來襲魚雷距離三點二公里。」「本艦已脫離魚雷的追踪。」「本艦所發射的魚雷擊中『勇壯級』。」

聲納員再報：「第二架直升機在本艦後方三公里處放下吊掛式聲納。」

艦長下令：「繼續下潛。」

「本艦深度四百七十公尺，本艦已被乒到了，『勇壯級』所派出的直升機投下魚雷。」

「本艦速度七十一節，深度五百六十公尺。」

艦長再令：「繼續下潛。」

「本艦速度七十一節，深度六百公尺，已接近下潛極限……又來了兩架直升機。」

艦長持續下令：「繼續下潛。」「本艦已脫離魚雷追踪……糟了！兩架直升機包抄在我艦前方，判斷即將投下魚雷，我艦噴射推進即將用盡，潛艦深度六百六十公尺，繼續下潛中。」「前方四公里十一點鐘方向魚雷下水，我艦噴射推進已用盡。」

艦長下令：「全速往魚雷方向迎去，我艦深度多少？」

聲納員：「六百九十公尺，……又一枚魚雷在兩點鐘方向落水，我艦速度五十節，來襲的第一枚魚雷深度二百五十公尺，距離一公里。」

艦長問：「噴射推進還要多久才能再使用？」

「還要一分鐘。」輪機長報告。

聲納員：「第一枚魚雷從本艦上方二百公尺通過，第二枚魚雷在三公里三點鐘方向。」

艦長下令：「左旋九十度，噴射推進預備。」

「噴射推進啟動！」

「本艦現在五十一節，來襲的第二枚魚雷在本艦後方二公里，第一枚魚雷正在本艦左後方三點五公里處迴轉。」「本艦速度五十六節。」「本艦速度七十二節，魚雷已在五公里外。」又過了三分鐘，聲納員：「本艦已安全脫離魚雷追踪。」艦長用「深度」挑戰魚雷成功。

艦長下令：「慢速上浮，本艦一百二十度迴旋，往東行。」眾人面面相覷，原來艦長要給敵人來個「回馬槍」。

噴射推進用完後，艦長仍令潛艦以四十五節二百公尺深度追著共軍直升機的回歸方向。

艦長：「減速至十五節。」飛魚七號潛艦已進入共軍的艦隊群。艦長問：「報告魚雷庫存量。」

「前魚雷室十二枚，艦尾魚雷室兩枚。」武器長回答。

三分鐘後，聲納中傳來大片嘈雜的螺旋槳聲。艦長：「穩住。」他在等待著更有價值的目標出現。

這時，聲納員：「等等，有接觸。」「東南方十一公里，雙螺旋槳的大傢伙。」

艦長下令：「靠上去。」

五分鐘後，聲納員：「目標距離八點五公里，另有兩艘單螺旋槳艦護衛著。」

艦長下令：「一號、二號魚雷瞄準大傢伙，三號、四號魚雷瞄準兩艘護衛艦隻。」

「發射！魚雷再裝填，本艦朝西全速前進。」

聲納員：「本艦所發射的四枚魚雷正朝著三個目標前去，本艦已迴轉完畢，正加速中。」

艦長：「五號魚雷瞄準大傢伙再送一枚過去，發射！」

聲納員：「我方發射的魚雷即將命中目標，我艦速度三十節，……又有新發現，有另一單螺旋槳艦在東南方處正以二十五節試圖追尋我艦，判斷應是『勇壯級』驅逐艦。」

艦長令：「六號魚雷瞄準『勇壯級』驅逐艦，發射！全速脫離戰場。」這時從後方傳來陣陣爆炸聲，魚雷已命中目標。就這樣，飛魚七號趁著共軍一片慌亂時逃離了戰場。

飛魚七號所打擊的大傢伙就是中國「山東號」航艦，隨行護衛的是中國最新銳的「合肥艦」與「濟南艦」，隨著「山東號」被擊沉，中國艦隊的航空兵力只剩這「遼寧號」上的二十四架戰機了。就在此時，「遼寧號」接到來自中央的密令，隨即丟下受創的艦隻，率領七十多艘殘餘艦艇，逕行往東南而去。

「飛魚級」艦群一天之內擊沉了九艘潛艦及二十六艘水面船隻，包括一艘航艦，成績斐然。唯一美中不足的是飛魚十號犧牲了，飛魚七號、八號、九號帶著哀悽的心情，進入花蓮港整補。

在另一個場景，早上十點三十分衡山指揮部，「一號預警機來報，浙江出動大批軍機朝向台北而來，估計約有一百五十架。」「命八十四架攔截機升空。」「現在情勢已經判明了，敵方的主攻目標會在淡水、新竹兩地。」「停止林口地區的裝甲部隊南調，加速南部地區裝甲部隊北移。」「派高雄的海軍部隊全數到北台灣。」

衡山指揮部下了一連串的命令之後，在場的楊中將直覺不妥，說：「把南部的部隊搬空，如果有什麼萬一的話，後果不堪設想。」

指揮官說：「我們台灣的重鎮在北部，共軍沒理由捨近求遠從南部登陸，況且我們在南部還有兩個後備戰車教導團，你就不用擔心那麼多了。」

楊中將說：「好吧。」

指揮官又說：「湖口的裝甲兵司令部在火箭攻擊中受重創，現在先把新竹的敵軍包圍在新竹機場中，等明天一會合從南部來的重裝部隊一起行動，便可將機場內不到三千名的敵人一次肅清。」

共軍這次派出一百二十架空優戰機與二十八架轟炸機入侵北台灣，結果在早上十一點三十分空襲結束後，共軍損失九十八架戰機，而中華民國則被擊落四十二架。地面則只有新竹空軍基地周邊被草草炸射一番而已，但這對中華民國來說是難以承受的損耗，而這正是共軍的目的。

空襲結束後，總算過了寧靜的六小時，這時共軍又來了八十六架戰機，其中有二十四架轟炸機這次卻飛到西螺，把中沙大橋及鄰近的兩條鐵路橋都一股腦兒地炸毀。共軍付出的代價是四十四架戰機被擊落，卻又換得中華民國空軍「星式戰機」二十二架的折損。

於是，台灣暫時被一分為二。

在衡山指揮部，指揮官說：「他們的動作太慢了，我們的戰車已經全部渡過中沙大橋了。」

楊中將問：「共軍的艦隊走到哪裡了？」幕僚回答：「在台東與屏東外海。」

楊中將大吃一驚，說：「糟了，共軍的登陸地點在南部！」指揮官急問：「那會是哪裡？」

楊中將回答：「最有可能的是佳樂水，那裡離高雄夠遠又是沙灘，易於登陸，附近又有戰備跑道可利用。」

指揮官說：「難怪共軍的登陸大隊群集在海峽中線，卻又遲遲不發進，原來是在等艦隊。現在我們的當務之急是派宜花地區的蘭陽師，用南迴鐵路運送過去屏東支援。

然後命令我們的艦隊回頭到屏東海域。還有，派空軍對中國艦隊實施大規模打擊行動。另外，我們在高雄要塞司令部有存放戰備物資，我打算空運人員過去，可裝備一個重裝步兵團，你看還有什麼我沒提到的？」

楊中將說：「速命阿里山的教導裝甲第二團前往枋寮。我們在枋寮只有一個戰車團，他們必須獨力阻擋共軍的第一波登陸攻勢，直到援軍到來；海軍陸戰隊反裝甲航空團也將要出動了。我們到底還要多久時間才能移防我們的正規軍到南部？」

指揮官說：「我會要幕僚盡快計算好告訴我。現在既然共軍衝著南部而來，那麼我們就要啟動九鵬及南部沿海的反登陸基地了，也許我們被迫要提早執行『虎賁計畫』。」

楊中將說：「那就是說，我們先要打瞎共軍在我們頭上的那幾隻眼睛了。」

中國有七枚「北斗衛星」在三百公里上空繞地球飛行，其中有四枚是針對台灣而發射的，它繞經台灣時正是軌道的近地點，約二百二十公里。五月底為了這次的戰事，又連續發射了四枚「微衛星」，高度約一百四十公里，這八枚衛星二十四小時輪番地臨空，可精確標定台灣的目標，引導飛機與彈道飛彈攻擊，這些衛星對台灣來說早已如芒刺在背，不去不快。

六月七日凌晨一點整，在玉山的光束砲基地，其中一具光束砲首先開始充電，巨大的砲身逐漸舉高至幾乎垂直，「切入自動射擊模式！」兩分鐘後，忽然「轟」的一聲巨響，光束砲開火了。

光束砲的最大障礙是空氣阻力，所以光束砲都設置在高山上，用它來射擊太空的目標是再適合不過了。光束砲在標高二千五百公尺水平發射時，其砲口所產生的超距加速電場只能延伸六公里，所以光束砲的射程只有一百三十公里，而當光束砲向太空發射時，超距加速電場卻可直衝同溫層，達到二十公里之遙，而射程可遠至四百公里。

在接下來的四個小時中，另有七枚中國的衛星一一前來，全被玉山與合歡山的光束砲擊毀，而中國只知道他們的衛星突然停止發送訊號。此後，共軍想要刺探台灣的任何行動，就必須再冒險出動預警機了。

六月七日凌晨三點整，中國北京中南海，主席說：「還好陸軍司令員想到這招『聲東擊西』之計，現在台灣的主力部隊都已群集北部，而濁水溪已成阻隔台灣本島南北的天險，他們就算現在知道了我們的真正意圖，也已經太遲了。」

陸軍司令員說：「三十年來，台灣一向不注重陸軍，陸軍已成為他們最弱的軍種，只要我們的登陸部隊搶下灘頭，接著我們的正規陸軍部隊便可蜂湧而上，用人海就能把他們壓垮了。接下來要請空軍再幫一次忙了。」

空軍司令員說：「我們雖然已損失慘重，但在民族統一大業之下，拚了老命也要做到。況且根據情報顯示，台灣已經沒有什麼空軍了。」

海軍司令員說：「自從二十多個小時前，我們發射七十多枚飛彈開啟了這場戰爭以來，海軍一直在挨打，剛剛我們的艦隊已繞過巴士海峽，開始北上。再三個小時就可與等在海峽中線的部隊會合，共同登陸屏東，接下來就看你們陸軍了。」

陸軍司令員說：「放心吧，看我們陸軍大顯身手！」

會議在一片樂觀中進行，眾人幻想著「解放台灣，統一民族大業」，但他們卻不知自己正一步一步地落入世紀大騙局中。

陸軍的實力是中華民國自一九八〇年代後期，在「泰山計畫」內的「欺敵策略」的主要項目。自一九九二年以來，每年有四十億美元的祕密預算是用來不斷提升陸軍的戰力。到了二〇一〇年，每年已有五十億美元挹入陸軍，事實上中華民國陸軍在二〇二〇年代已是一支實力超越世界各國的勁旅。

中華民國陸軍自二〇〇一年開始籌畫一支獨立的現代化軍隊，到了二〇一八年，在正規的體制外共編組了三個裝甲師及兩個野戰師。這五個師全部裝備了中華民國所開發的新式武器，中華民國打算在決戰時刻用以殲滅中共陸軍。

在二〇二七年六月七日時，這支體制外的部隊在南部有龍泉的第三裝甲師，還有涼山的第二野戰師，單憑這兩個師即可殲滅共軍的登陸部隊於灘頭。但衡山指揮部希望戰爭做一個根本的解決，所以另有打算。

這三個裝甲師的飛虎戰車，其四名成員皆為軍官，須先到「新領土」受訓一年，因此連國防部都不知道他們的存在，所以不懼共諜的刺探（這一支部隊是隸屬國家戰略指揮部所統轄，是國家最高機密）。

六月七日早上五點整，自台灣各地的三級和二級機場起飛了二十四架「星式戰機」、二十四架IDFP、四十八架F-16，在晨曦中向中國艦隊一路逼近。

二十四架IDFP飛過雙園大橋出海後，就已接近目標了。五分鐘後，隊長一聲令下：「發射！」二十四架戰機就把機上所載的中華民國最後僅存的四十八枚空射型「疾風飛彈」，對著中國艦隊尾端的航母戰鬥群射去，然後就拍拍屁股走人。

另外四十八架F-16則自林邊出海，對著林邊、佳冬、枋寮步步逼近的共軍登陸艦隊，發射九十六枚「魚叉飛彈」，發射完後也是直接掉頭轉回。

中國航母戰鬥群是由「遼寧號」航艦帶領十一艘各式戰艦，在離雙園大橋一百八十公里處巡弋，以做為登陸艦隊的後盾。這次四十八枚「疾風飛彈」彈無虛發地將這十二艘艦擊得非沉即毀，「遼寧號」身中六彈，帶著共軍的海軍旗沉入冰冷的台灣海峽南端。

共軍的登陸艦隊有十四艘護航船隻陪同，全艦隊共有六十七艘船艦，這次被九十六枚「魚叉飛彈」擊沉六艘、擊傷二十九艘。自這一刻起，中國海軍基本上已無組織性的攻擊能力了。

「注意，中國出動了大批戰機朝台灣南部而來，初步估計有三百架以上，還在起飛中！」中華民國預警機警告。此時，地面上有六十架F-16正在掛彈中，準備前往海峽中線空襲中國船隊，衡山指揮部立刻下令停止掛彈，各機立即改掛空戰配備，會同「星式戰機」一同前往攔截，而中國船隊就讓海軍處理。

這時又傳預警機急報：「中國軍機已起飛五百架了！」衡山指揮部立刻加派「星式戰機」及F-16應戰！

於是史上最大規模的空中衝突便在台灣海峽南部展開了。

台灣方面出動九十六架「星式戰機」及九十六架F-16，中共則出動了轟-6、殲-8、殲-10、殲-11、殲-12共五百二十架，中共認為台灣已經沒有攔截機了，「台灣大門已開」，所以連殲-8這種老舊機種都擠出一百五十架參與空襲，而編隊中只有八十架是空優戰機。

所以台灣戰機遇上中國戰機編隊時，猶如虎入羊群大開殺戒。但中國戰機數量實在太多了，所以仍有近百架轟炸機突破封鎖線進入台灣本島海岸，對林邊、東港、佳冬、枋寮等四地的岸防基地進行無情的轟炸。最後共軍的五百二十架戰機只有一百四十七架得以返航，而中華民國則損失了六十二架戰機。

在台灣海峽的空戰中，有一架F-16回報：「天啊！有近千艘登陸艇，鋪天蓋地而來！」

總部司令只淡淡地回答：「知道了。」

這架F-16的飛行員本來是要掛載六枚「小牛飛彈」前來攻擊共軍船隊的，飛行員心想：「即使六十架F-16的飛彈全部命中，也無法阻擋共軍的船海攻勢。」

早上六點整，在台灣海峽有兩群艦隊向著台灣南部蜂湧而來，其前鋒距離林邊外海只有五十公里。第一群是中國艦隊所帶來的重型登陸艦，大約有五十艘，其中有十幾艘已受重創。這些船艦所載運的都是重裝部隊，約還剩三萬人，其中又以四艘「青島級」兩棲登陸艦最為龐大。

第二群是由二十三艘巡防艦所護航、直接自福建沿海殺過來的船隊，這一群船隊主要有約三百艘先進的氣墊登陸船及三百多艘傳統的大小登陸艦艇，與四百多艘自民間徵調來的運輸船隻，負責運送二十萬名的輕裝部隊。

兩群登陸船團所遇上的是中華民國的飛魚五號及六號潛艦，還有在高雄港內的中華民國第三驅逐艦隊，以及五十四艘制海艇和七十艘各式飛彈快艇。

兩艘「飛魚級」經過第二群共軍船隊的下方時，共發射了二十枚魚雷，擊向十二艘共軍巡防艦，然後頭也不回地繼續往東南航行，他們趕著去另一個重要的戰場。

在港內的中華民國驅逐艦與巡防艦，直接對著共軍的登陸船隊發射雄二、雄三反艦飛彈。制海艇與飛彈快艇也發射了反艦飛彈，之後制海艇更衝入共軍船隊中，用艦砲大開殺戒，直到彈藥用盡才退出戰場。

兩艘「飛魚級」直朝中國船隊奔去，首先碰上的是共軍的五艘潛艦，解決了這五艘潛艦之後，便又進入了一個新漁場。等到兩艘「飛魚級」飽餐一頓揚長而去之後，海面上只留下沉沒中的兩艘「青島級」、兩棲登陸艦及十三艘各式登陸艦；共軍只剩三艘「青島級」，帶著三十一艘各型登陸船艦頑固地向岸邊衝去。

林邊、東港、佳冬、枋寮四地的岸防設施，大部分已在空襲時被炸。但仍有部分設施還在運作，便在這時開火了。

共軍兩群登陸船隊同時抵達灘頭，兩批仍有三分之二的實力尚存，接下來就要進行一場灘頭爭奪戰了。

第十二章　灘頭爭霸

地點：台灣屏東，佳冬、枋寮一線，維也納森林。

「各隊聽命，不可開火。」王營長下令。王營長帶著弟兄藏身在維也納森林裡，前方五百公尺外是一片一望無際的沙灘。

王營長是中華民國陸軍教導戰車團第一團第二營的營長。他也是少數曾參加「泰山計畫」的種子軍官，這一次共軍來犯，他所屬的戰車營是唯一及時趕到的重裝部隊，四個營分駐東港、林邊、佳冬、枋寮等四個灘頭。

在森林的後方六公里處，是第五砲兵團所布下的火砲陣地。在森林周邊是由第一〇一步兵師第二旅所布下的防線。另外，海軍陸戰隊的騎兵團也已進駐到潮州，騎兵團擁有二十架「OH-66」及三十六架「AH-1H」直升機。王營長知道第二戰車團已到鳳山附近，再有一個小時就可到達。同時陸軍後備第一裝步團已在高雄整裝完畢，再一個多小時就可踏上征途。

王營長心中一直有疑惑，陸軍明明有實力把敵人趕下海，為什麼派這麼小的部隊去對抗十倍之數的敵人？想必陸軍會另有安排的吧？

就在此時，在上一次的空襲中受創但仍殘存的岸基反艦飛彈開火了。

在海面水線上，數量龐大的黑影仍頑固地向岸邊湧進，更從腹中吐出眾多的小黑點。

「穩住，還早呢，他們還需要經過陸軍的砲火洗禮後才輪到我們呢。」王營長下令。

王營長一門三傑，大哥官拜海軍上校，是「花蓮號」艦長；二哥官拜空軍中校，是攔截機中隊長；王營長自己也是中校，擔任陸軍戰車營營長。他所屬的教導第一團，每營配有十四輛Ｍ１Ａ２亞伯拉罕主力戰車及八輛Ｍ２布萊雷裝步戰車。

每一輛Ｍ１Ａ２配有一門一百二十㎜光膛砲、一挺五〇機槍及兩挺三〇機槍，Ｍ２則配有一挺二十五㎜機砲及一挺三〇機槍，車腹中並可裝載最多十二名士兵。值得一提的是，Ｍ１Ａ２的外殼是由複合裝甲所製成，一般錐形裝藥彈頭根本打不穿，一般戰車砲只有用脫殼穿甲砲才能擊穿。

突然，自後方的砲兵陣地傳來數聲砲響，跟著前方水面升起數道水柱，王營長知道這是總砲擊前的標定射擊。果不其然，一分鐘後，身後傳來驚天動地的悶響，接著海面升起百道以上的水柱，一五五㎜砲、八吋砲與多管火箭同時開火了。

五分鐘後，從登陸船隊升起十二個黑點，急速向著灘頭而來。

王營長自無線電下令：「惡狼鏈砲預備，小狼飛彈預備，等直升機到了至近距離再開火！」

「收到！」三分鐘後，惡狼、小狼與步兵旅一齊開火了。

共軍十二架直升機中有十架飛經森林與周邊，被二十五㎜機砲、針刺飛彈、二〇㎜機砲猝不及防地擊落了七架，餘下的五架迅速朝身後的砲兵陣地飛去。

忽然間，自海面響起了「嗡、嗡、嗡」的高頻風扇聲，很快的，嗡嗡聲後發先至，是數十艘氣墊登陸船。氣墊登陸船自森林兩側通過，越過障礙，直至內陸一至二公里處才停止。接著從氣墊船腹中跑出人員及戰車。

這時，岸上防守的中華民國陸軍的二〇㎜機砲、標槍反戰車飛彈、拖式飛彈、火箭筒等各式武器全開火了。

王營長下令：「等等，氣墊登陸船讓步兵去處理就可以了，我們要專心對付傳統登陸艇的裝甲部隊。」

又過了五分鐘，一架共軍直升機尾部冒著火煙、急速往海上逃去，顯然那五架攻擊砲兵的直升機未能討得好處。

「來了，破甲榴彈！」王營長下令，並瞄準一輛千辛萬苦游到岸邊、正想爬上沙灘的共軍水陸兩用運兵車，「開火！」運兵車應聲被破甲榴彈擊爆了。

「別怪我心狠手辣，畢竟是你們到我們的家園來侵略的。」王營長心想。

突然間「碰！」的一聲巨響，同時王營長所乘座的M1A2戰車車身一陣劇烈搖晃，原來被右前方一台共軍的BMP-2步兵戰車上的七十六㎜砲擊中，「飛狼二號」立即把它幹掉了。

「飛狼二號，謝了。」王營長從無線電中說。M1A2只在表面上多了一些刮痕，戰力絲毫未減，真不愧是世界第一的裝甲。

「脫殼穿甲彈預備！」王營長又看到左前方海灘水線五十公尺處，一艘平底登陸船已放下前甲板，有數十名共軍及一輛T-72戰車正要上岸，「開火！」一發脫殼穿甲彈立刻擊穿T-72的砲塔下方，並引起內爆，「五〇機槍、三〇機槍掃射共軍步兵！」王營長下令。

就這樣，王營長的戰車營不斷地摧毀敵人，己方也有所損傷。但敵人數量實在太多了，漸漸地已有很多共軍的人員運輸車像蟑螂一般的爬上沙灘，並想要對森林形成合圍的態勢。更不利的是，王營長的部隊彈藥已經幾乎見底了，這時指揮部傳來命令，命第二營撤退至「Ａ二」，防務由第二團在第二防線接替。於是王營長便率領所部經由森林後方脫離戰場，轉上國道，北往「Ａ二」。

「Ａ二」位於新埤橋下的乾河床，做為戰車部隊的臨時補給站，橋上有兩輛二十七㎜防砲車戒備著。王營長的部隊只剩九輛Ｍ１Ａ２、三輛Ｍ２及四十二名步兵（含傷兵）。

王營長他們到達「Ａ二」十分鐘後，第一營也抵達了，第一營受創嚴重，只剩五輛Ｍ１Ａ２、三輛Ｍ２及二十五名步兵（含傷兵），且第一營營長已陣亡了。

四十分鐘後，指揮部急令王營長率領兩營未受傷士兵及外加一輛防砲車，在補給完畢之後，立刻前往屏鵝戰備跑道。

回到五十分鐘前，中國自福建、廣州起飛了近百架戰機向著南台灣而來，並派出一架預警機在江西上空盤旋，遠遠地操控著共軍機群的行動。

台灣方面立刻派出三十六架攔截機前往攔截，並派出「雲雁四號」前赴江西，準備攔截中國的預警機，而台灣的預警機則在台中上空盤旋，遠控「雲雁四號」及攔截機群的行動。因為在中國的舟山群島有一個Ｓ-400地對空飛彈陣地，台中正處於它的有效攔截距離的邊緣，所以兩邊的預警機都處於極遠距離操作的狀態。

但是中國這次是有備而來，台灣預警機一直吊著舟山群島Ｓ-400的胃口，讓它只能掃瞄而不能發射。

台中上空的預警機：「雲雁四號，你們已進入大陸，目前目標在你們的西北方一百一十公里處，現在切換到即時影像系統。」一分鐘後，「攔截中隊注意，敵機在高雄外海六十公里處，可自由攻擊。」又過了二分鐘，「攔截中隊，敵機分成兩隊，一隊朝南而去……」

突然間，預警機內警報器大響，「飛彈來襲！時速六千五百公里，天啊，是S－400！」一枚S－400飛彈自福州升起，朝台中的預警機而來。

中國在福州祕密設有另一組S－400，先關閉雷達，由舟山群島的S－400不斷取得目標的資訊，等到時機成熟，即先將飛彈發射出去，再開啟雷達以控制飛彈。

台中的預警機緊急應變，馬上降低高度，並持續對「雲雁四號」發送雷達影像。S－400以秒速二千一百公尺接近台中預警機，一分多鐘後，已到危險距離，台中上空的預警機不斷地降低高度，希望能藉此擺脫S－400的追擊，卻在九十公尺的高度被擊落，墜毀在豐原的山區，這是共軍的一大勝利。但事情還沒有結束。

台中的預警機在墜毀之前所傳送的雷達影像顯示，「雲雁四號」的目標（江西上空的中國預警機）就在「雲雁四號」的同一高度前方二十公里處，「雲雁四號」的長機下令加速往前飛去。一分鐘後又下令：「兩機同時向前方四十五度角散射各四枚追熱飛彈！」飛彈射出去了，雖然讓他們以「瞎貓碰到死老鼠」的運氣擊中了中國預警機，但也因這八枚飛彈洩露了「雲雁四號」的行踪。

這次在中國預警機的前方有四架殲-20伴隨護航，「雲雁四號」所發射的這八枚迅如閃電的飛彈航跡，正好指引四架殲-20前來。殲-20立刻以亂槍打鳥的方式，朝著飛彈的出處，也一齊射出八枚紅外線追熱飛彈。

這時「雲雁四號」的長機正在做上仰翻滾的動作，正好將機腹下的紅外線熱點露出，登時兩枚追熱飛彈立即像磁鐵般的貼上來，瞬間將「雲雁四號」長機擊得粉身碎骨。看來今天交上好運的不只是中華民國空軍，共軍方面也有斬獲，這是中華民國第一架被擊落的「隱形戰機」。

「雲雁四號」僚機飛行員眼見長機被擊落，不禁怒火填膺，於是他調轉機身追了上去，一連發射了四枚「箭五」飛彈，擊落了兩架殲-20，另兩架嚇得沒命似的逃了。最後，「雲雁四號」僚機形單影隻地飛回台灣。

另一方面，台中的預警機被S-400擊落後，攔截中隊獨力攔截敵人，卻不知敵機已有三十二架往南飛去，同時共軍登陸船艦上也出動了十多架直升機載著一百五十多名陸戰隊兵員往南飛去，他們與飛機同一目標——屏鵝戰備跑道。

屏鵝戰備跑道是台灣本島最南端，同時又是最大的戰備跑道，但並無重裝部隊駐守，在共軍的直升機連番掃射下，很快的，抵抗的槍砲聲就趨於沉寂，只剩跑道北端尚在中華民國軍隊的控制中。

接著共軍二十二架AN－294運輸機投下一千八百名傘兵，占領跑道南端，並有十架AN－296各載運一輛T－72主力戰車，降落在屏鵝戰備跑道後快速卸下T－72，AN－296隨即飛離地面。只有一架在降落時連同載運的T－72，被跑道北端的中華民國軍隊擊毀。

這時共軍的直升機已放下人員返回艦隊，只留兩架戰鬥直升機，而中華民國在跑道北端因有兩座二十㎜機砲、兩具一百二十㎜迫擊砲，以及數具標槍與針刺飛彈才能勉強抵擋，如今共軍又多了九輛T－72主力戰車，跑道北端的守軍恐如風中殘燭。

就在千鈞一髮之際，自守軍後方傳來螺旋槳聲，六架中華民國AH－1S超級眼鏡蛇直升機趕到了。雙方一交火，兩架共軍直升機馬上被擊落，但AH－1S也被擊毀了一架，跟著立即和共軍步兵交火，但是共軍火力太猛烈了，AH－1S在地獄火反戰車飛彈擊毀四輛T－72的同時，自己也被共軍步兵的「聖杯二」肩射防空飛彈擊落了三架，另兩架超級眼鏡蛇立即轉向飛回己方陣地。看來「一物降一物」，就在此時無線電傳來，中華民國的裝甲部隊到了。

在以無線電知悉戰況之後，M1A2與M2戰車的履帶飛碾過防線，直朝跑道南端而去。

「破甲榴彈！」「開火！」一批破甲榴彈向著共軍人群射去，共軍登時一片哀嚎。

忽然間王營長眼角瞄到一件物體，驚呼：「反戰車飛彈！緊急右旋！」就在間不容髮之際，一枚「火泥箱」反戰車飛彈自M1A2戰車的左側飛過，跟著另一輛M2戰車的二十五㎜機砲開火了，發射「火泥箱」的兩名共軍立即被擊成四段。

「脫殼穿甲彈！」「開火！」另一名M1A2的車長下令對共軍的T－72開砲了，一陣硝煙過後，一輛T－72被兩枚砲彈擊中，造成內爆。

這時，忽然「碰！」的一聲巨響，王營長的戰車已被一枚火箭砲擊中，但車身只抖了一抖，複合裝甲保護了車體，而那名火箭砲的射手立即被王營長戰車的同軸機槍擊倒。

就這樣，王營長他們把共軍的T－72戰車逐輛擊破，並掃蕩了三分之一的共軍步兵，再加上從潮州趕來的中華民國陸戰隊第一先鋒營，在八架OA－68斥候直升機的帶領下，加入肅清共軍的行列，其餘的共軍只有投降一途了。

這次共軍的空降行動，除了折損十九架戰機之外（台灣方面則損失六架），又損失了一架運輸機、兩架直升機、十輛T－72主力戰車、一個加強騎兵連及兩個空降營，損失不可謂不大。

另外在登陸灘頭方面，中華民國軍隊全數退至第二防線，而共軍則在四處灘頭約有八萬人登陸，剩餘的登陸船隻及氣墊船則全數西返，以求進行第二波渡海行動。預計最快在二十四小時後，可以運來第二波的支援兵力。

中華民國陸軍在林邊、東港的第二道防線部署了第六〇一步兵師及第一預備裝步團，在枋寮、佳冬的第二道防線則部署了第六〇三步兵師和教導第一及第二戰車團，及海軍陸戰隊第一航空團，而蘭陽師已自南迴鐵路陸續到達。在共軍第二波登陸部隊到達之前，必可進駐第二防線。

事實上，中華民國陸軍的王牌埋伏在第三道防線，等時機一到，再給予共軍一個大驚喜。

衡山指揮部指揮官：「敵人就定位了嗎？」「是的。」「命空軍去挫一挫他們的銳氣。」於是二十四架F－16分赴福州、汕頭去轟炸共軍登陸部隊的集結地。

在中國，福州、汕頭的共軍正蜂湧著集結等待上船，卻被台灣飛來的F－16逮個正著。兩中隊的F－16各在這兩地丟下集束炸彈後即飛回台灣，拋下身後那如煉獄般的慘狀，福州、汕頭兩處集結地共有近一萬七千名士兵傷亡。

「趕快派出一架預警機！」中共南京軍區白司令氣急敗壞地說。這次中國學乖了，預警機在湘贛邊界徘徊。

「平潭又有大批直升機起飛，數量超過三百架。」「再派F-16前去轟炸！」中華民國衡山指揮部指揮官下令。

六月七日下午三點整，滿載集束炸彈的十二架F-16出發了。

「哼！又來了！這次要讓他們來得去不得。」於是白司令下令一座位於福建平潭的「紅旗九」防空飛彈陣地做好準備。

中華民國一號預警機：「復仇中隊，目標在前方四十五公里處，可維持一百公尺，四百五十節前進。」「敵人發射一枚防空飛彈！再降低高度到五十公尺、速度降為三百五十節。」

F-16依言降低速度與高度，這時預警機又報：「飛彈將從你們的上方六百公尺通過，應可安全無慮……喔！不！快全速散開！全速散開！」

說時遲，那時快，只見預警機雷達螢幕一陣光閃，一切都太遲了。

光閃過後，十二架F-16全在雷達螢幕上失去蹤影，來襲的飛彈是一顆「紅旗九N」核子飛彈，載有一枚二萬五千噸黃色炸藥當量的分裂彈頭。單是EMP就足以擊毀F-16機上所有的電子裝置，像拍蚊子般的把它們拍落海。

中國率先打開了一扇通往地獄之門，在平潭的「紅旗九」防空飛彈陣地上響起了一陣歡呼聲，但他們沒有想到「報復」這兩個字。

不到三十分鐘，「紅旗九」防空飛彈陣地就被一枚載有六十四顆特殊次彈頭的飛彈夷為平地，這是由澎佳嶼的地下基地所發射的隱形巡弋飛彈。十五分鐘後，同一個基地又向平潭發射了八枚同樣的飛彈，造成平潭直升機起降場嚴重的損毀。

一個多小時後，世界各國對中國發出立即的聯合聲明：「在世上任何角落使用核子武器，都為世人所不能接受，特此警告。」

中國北京，在中南海的會議上，大家都把矛頭對著陸軍司令員，「你怎可讓白司令任意使用核子武器？這樣我們要如何向世人交代？」國防部長不滿地說。

接著，海軍司令員說：「我們尚不明瞭台灣的核實力，萬一升高戰爭又該如何？」「難道我們就這樣眼睜睜地看著他們屠殺我們的部隊嗎？」陸軍司令員氣憤地反駁。

主席一看攏絡陸軍司令員的時機到了，就接著說：「幹都幹了，我們不如一不做、二不休，乾脆讓小台灣知道我們不會猶豫使用任何武器的。還有，你們海軍可別忘了，你們還有威力強大的戰術核子武器，必要時我們要靠它來保護登陸船團。」

海軍司令員聽完主席的話後，精神一振：「隨時奉命。」

中國隨後對國際社會發表了一則措詞強硬的聲明：「他國無權干涉中國內政，今後中國將視情況需要在中國領土範圍內使用核子武器。」

台灣馬上作出回應：「中國這是自取滅亡。」

衡山指揮部決定，不再與敵人拖延，即刻解決灘頭與新竹機場的敵人。

中國陸軍第二騎兵旅旅長毛少將略為整理儀容，他站在新竹機場的管制塔中，放眼望去，西方的遠處是一片大海，東南北三面是黑鴉鴉的士兵，在士兵之後是一圈又一圈裝甲車輛，在裝甲車輛之後又是重重疊疊的砲兵，至少有五萬人。而己方盼望的第二波登陸增援部隊，怕是不會來了，「四面楚歌」正是被台灣軍隊包圍著的己方情境。

自初始懷著「登上台灣第一人」的興奮心情，到如今漸漸覺得自己的部隊已成「棄卒」的焦慮心情，令他坐立難安。時為二〇二七年六月七日下午四點三十分。

忽然東邊有了動靜，一輛懸掛著白旗的悍馬車開上跑道直朝指揮塔而來，毛少將的戰士們攔下悍馬車，從車上走出一個人。

毛少將走下階梯，向那個人回禮後，自對方人手中接過一封信，信中說限他們在三十分鐘內投降，否則三十分鐘後中華民國將發動毀滅性攻擊，又寫到「貴部英勇作戰，已完成階段性任務，現在是認清現實的時候了。」署名為「中華民國陸軍第十軍團司令程建國」。

忽然從毛少將身後伸出一隻手，一把將信搶走，是苟政委！苟政委看完信後「哼」的一聲，說：「把這個送信的傢伙給我斃了！」

「住手！」毛少將喊。毛少將對苟政委靠著自己是南京軍區白司令的大舅子、平日作威作福的那副習性已忍耐多時，遂在這一刻爆發開來。

苟政委見叫不動士兵，便大聲說：「好！我自己來！」他沒有注意到毛少將對身旁的士官使了一個眼色，他一心想著只要殺了送信的人，就可打消部隊投降的意念。正當他拿出手槍拉動板機之時，忽覺右腰傳來一陣劇痛，直至痛徹心肺，痛得他叫不出聲，跟著頹然倒地——原來是毛少將的副官在苟政委的後腰捅了一刀。

事已至此，毛少將便對送信之人說：「請轉告貴部，我方二千六百六十五人全數投降。」

就這樣，中華民國兵不血刃地收復了新竹機場，時為下午五時整。

在中國，共產黨主席對海軍司令員私下問：「都準備好了嗎？」

海軍司令員答：「三個小時前已在三亞裝上貨物，另有兩艘『明級』潛艦陪同，已朝台灣南部駛去。」

主席說：「這次登陸船團主體是重型船艦，他們可全靠你的船艦去排除台灣海軍的殘餘兵力。」

海軍司令員陰狠地說：「無毒不丈夫，這次我們可要讓小台灣大吃一驚。」

六月八日凌晨兩點整，台灣海峽南部，高雄港以西六十公里冰冷的海水下，飛魚五號正與飛魚六號以相隔二十公里、一前一後地擺下陣式，準備伏擊共軍的船團。他們剛從高雄港補給完畢，匆匆趕來就定位。

「聲納室注意敵潛艦。」飛魚五號張艦長下令。雖然中國的海軍基本上已無水面戰力，但其擁有的三十一艘殘餘潛艦仍有不可小看的殺傷力，冷不防地從哪個陰暗的角落丟兩顆魚雷過來，那可不是鬧著玩的。

凌晨兩點十分，聲納員報告：「聲納接觸，西南方十三公里。」

「轉向西南迎上去。」張艦長下令。

二分鐘後，「目標在正前方十一點五公里處，相對速度三十五節向本艦接近。」「目標判明，是中國『明級』柴電潛艦。真奇怪，噪音這麼大還出來送死。」「距離九公里接近中。」

「一號魚雷備便，發射！」魚雷呼嘯而去後，艦長心想：「任務未免太簡單了。」心中隱隱有不祥之感。

「噴射魚雷正常運作，魚雷捕捉到目標，正朝目標奔去，預計撞擊時間一百三十秒後。」

「本艦轉向西進。」張艦長下令。

「魚雷距離目標三公里。」聲納員持續報告，「魚雷撞擊時間三秒、二秒、一秒，撞擊！魚雷擊中目標！」「船殼破裂聲，……等等，那是什麼聲音？糟了，水中有魚雷，自爆炸聲中衝出，七十節，距離九公里，是個大傢伙！」

張艦長急令：「本艦朝西北急速轉向，噴射推進備便。」

「魚雷距離七公里，應是一百公分魚雷，但無資料可以比對。本艦已旋轉完畢，速度三十一節。」

張艦長下令：「噴射推進啟動！」心中不祥之感越來越大。

「本艦四十二節，魚雷距離五點五公里。」三分鐘後，「本艦速度六十九節，魚雷距離兩公里。」「本艦速度七十二節，魚雷距離一千五百公尺，本艦已脫離險境……」話未說完，突然傳來一陣驚天動地的爆震波。

中國在一九八九年時曾以特殊手段從烏克蘭取得兩枚一百公分口徑的核子魚雷，經過不眠不休地進行逆向工程模仿，終於在二〇一五年製成十六枚一百公分口徑的核子魚雷，中國在第六、第七艘「禹級」核能動力攻擊潛艦的五號、六號魚雷管做改裝，使這兩個魚雷管可以發射一百公分核子魚雷。

此型魚雷航速七十節，航程四十公里，裝有一顆八萬噸級核子戰雷頭，只要一進入兩公里的必殺範圍，就沒有任何船艦可以逃脫。

這次「禹級」六號艦裝配了四枚核子魚雷，又帶上兩艘「明級」一左一右做為音障，當噴射魚雷射向「明級」時，「禹級」便對著噴射魚雷的來處發射核子魚雷，沒想到竟能一箭中的。

再回到現場，核子魚雷追到離目標一點五公里時，忽然感知目標已逐漸遠去，便啟動一個自毀裝置，並引爆戰雷頭。

此時飛魚五號正在距離核子魚雷一點五公里處，而巧的是這場水下追逐戰正經過飛魚六號的南方五公里處。

強烈的震波自飛魚五號的艦尾貫穿至艦首，使得飛魚五號的艦身像是一根被榨過的甘蔗，艦內肝腸寸斷、慘不忍睹，所有艦上的人員在爆震波過去的同時皆已喪命，艦體悄然沉入海底。

在北方五公里處的飛魚六號的左舷因猛受撞擊，全艦迅即九十度翻轉，「前魚雷室進水！」「超導體全數跳機！」「本艦速度逐漸降為零！」災損陸續傳來。

艦長急令：「下潛、坐底！」

因為敵人尚在附近，若上浮，可能會被俘虜，所以艦長當機立斷，命潛艦下潛至一百九十公尺深的大陸棚，幸好「禹級」六號艦並未發現它的存在，而飛魚六號目前暫時失去攻擊能力。

「禹級」六號艦在「明級」的引導下，直奔他們的目標，他們知道在天亮之前已無任何人可以阻擋。而當這兩艘中國潛艦由飛魚六號的西南七點五公里處通過時，都被飛魚六號記錄得一清二楚，也很容易探知他們的目標，現在飛魚六號要趕快浮上水面，以對高雄港發出警告。

一個多小時後，左營的第一反潛司令部，副官向司令遞交一張緊急報告，司令看完後臉色大變，司令把緊急報告往桌上一放，像連珠炮般的一連下了許多道命令。

十分鐘後，在高雄港的外碼頭，「禹級」六號艦浮到潛望鏡深度遠望著高雄港。

「敵人已拉起防潛網。」「禹級」六號艦聲納員報告。

「沒關係，就讓他們親眼看到自己的滅亡。一百公分魚雷兩枚，設定好就立刻發射！」艦長冷冷地下令。

三分鐘後，兩枚一百公分口徑的核子魚雷帶著浪花尾巴，以五公尺深度直朝高雄港並越過防潛網而入！

「下潛，全速離開！」「禹級」六號艦艦長深知核子魚雷的威力，現在要趕快航行到安全距離。

「全艦隊戰鬥態勢！」「關防潛門！」「反潛直升機立刻起飛！」「第一防潛戰隊出動！」司令一連串下了數道命令，但未能使他略感寬慰，幸好到了第十五分鐘，總算起飛了兩架反潛直升機。又過了五分鐘，卻傳來更令人毛骨悚然的消息：「反潛直升機發現兩枚超大型魚雷，正以接近海面的深度越過防潛網，朝高雄港內而來！」

「就算用直升機砸在魚雷身上也要阻擋它！」司令激動地下令。

兩架直升機銜命分頭追踪兩枚魚雷。兩枚核子魚雷右轉，一朝艦隻擁擠的光榮碼頭、一朝艦隊本部所在地直行。

這時來襲的兩枚核子魚雷忽然消失踪影，原來已經潛下一百公尺深，兩架直升機絕望地在上空盤旋，突然間兩聲轟天巨響，魚雷爆炸了！

那兩架反潛直升機在魚雷潛入海底時就知道將要發生什麼事了，卻又不願就此離開。爆炸的EMP（電磁脈衝）立刻將兩架直升機擊得跌跌撞撞地落水。

有一枚核子魚雷在光榮碼頭內的「紀德艦」後方一百公尺處爆炸，頓時將「紀德艦」掀上了天，落海時已斷成兩截。另一枚核子魚雷爆炸的地方正鄰近反潛司令部大樓與直升機停機坪，兩者皆毀於爆炸中，而司令部的人員自司令以下無一倖免。

這兩枚核子魚雷除了炸沉、炸傷二十幾艘大小不等的軍艦，還在港內造成共鳴效應，掀起數十公尺高的巨浪，港中的大小船隻都被巨浪撞得筋損骨折，唯一例外的就是「花蓮號」。爆炸時「花蓮號」正停在乾船塢中，受到防水閘門的保護，「花蓮號」又一次死裡逃生。

當爆炸時，「花蓮號」王艦長與同僚抬走傷者與死者後，正準備檢視艦上的損傷時，忽然傳來兩聲巨響，跟著防水門被巨浪擊垮，船塢立刻進水，將「花蓮號」抬起。王艦長緊急下令發動主機。

接下來的十分鐘內，王艦長用無線電遍尋各部門，竟然找不到任何一個比自己官階更高的上級長官。這時他才驚覺，「花蓮號」可能是高雄港內唯一有戰力的艦艇，遂下令：「緊急出航！」

王艦長不顧艦上已無防空飛彈，且人員不足，仍執意出港追獵敵艦。避過港中那些受創艦艇形成的重重障礙，三十分鐘後，「花蓮號」終於駛出高雄港。

距離敵艦發射魚雷約七十分鐘後，王艦長下令起飛直升機，此時高雄港內也恢復指管體制，並派出四架載著吊掛式聲納的直升機加入追擊敵潛艦的行列。

「花蓮號」艦上有全世界最精良的聲納探知系統，又以五架裝載著吊掛式聲納的直升機，沿著高雄西南方的五個區域，在距離四十公里內做地毯式搜索。

「禹級」六號艦何艦長心中興奮難耐：「本艦已完成中國史上最偉大的任務，接下來就是回去等授勳了！」

這時潛艦正航行在高雄西南偏西三十公里處，何艦長正在神馳五里之中，忽聽聲納員驚慌地報告：「螺旋槳聲，快速接近中！」

何艦長一驚，急令：「下潛！下潛！」

「直升機在西方四公里處滯空！完了！直升機放下吊掛式聲納！」

「我們已經被乒到了！」聲納員連番急報。

何艦長下令：「針路朝西，全速前進！該放單飛了！」

「禹級」六號艦極速二十三節，「明級」極速十四節，為了等「明級」才將速度降到十四節。如今為了求生存，只好用「金蟬脫殼」的方法自謀生路了。

花蓮號自直升機處接獲情報後，王艦長急令極速趕往敵艦所在地。十五分鐘後，花蓮號已在「明級」的東北方十二公里處，「禹級」則已逃到花蓮號的西南方偏西十八公里處，顯然「明級」已被用來當犧牲品。王艦長立即下令：「本艦直升機返航掛載魚雷。」

「噴射魚雷備便。」王艦長下令。

聲納員報告：「敵艦一號（明級）距離十一公里，敵艦二號（禹級）距離十八公里。」

「目標敵艦一號，發射！」王艦長下令。

花蓮號在十公里的距離對「明級」發射了魚雷，「明級」根本連逃都來不及逃。四分多鐘後，「明級」就被噴射魚雷擊中，躺到海底去了。

但這時狡滑的「禹級」已逃到了花蓮號的西方二十公里處，王艦長急令：「全速朝西追擊！」「加速進行直升機掛裝魚雷作業！」

五分鐘後，「直升機掛裝完畢。」王艦長下令：「立刻飛往敵艦處。」

又過了五分鐘，「直升機已到敵艦上方，位置在本艦西方十七公里處。」

王艦長下令：「直升機飛到敵艦前方三公里處投彈。」

一分鐘後，從直升機投下一枚「MK-46」輕型魚雷，魚雷下水後立刻用本身的主動聲納，也立即追踪到了「禹級」。逼得「禹級」急轉身往東逃，「禹級」用盡了全力並放出誘餌，好不容易才擺脫魚雷的追踪，卻已到花蓮號以西十二公里處。

花蓮號聲納員報告：「敵艦即將在本艦的主動追踪範圍內。」

王艦長下令：「噴射魚雷備便。」

三分鐘後，「敵艦在距離十公里處，針路往西，二十一節加速中。」「發射！」王艦長下令。

「砰！」的一聲，噴射魚雷自右舷的發射管被蒸氣推入海中，緊接著又是「砰！」的一聲，第二枚噴射魚雷從左舷的魚雷發射管飛奔而出。王艦長這次鐵了心，一定要一次把敵潛艦殲滅，要入侵的敵人血債血償！

魚雷入水後，立刻打開主動聲納搜索前方海域，同時開啟噴射引擎，主動聲納很快地發現了敵艦，兩枚魚雷都呼嘯著朝敵潛艦直奔而去。

考慮到對方可能有核子魚雷，王艦長正想下令艦艇掉頭時，忽聽聲納員驚慌地喊：「敵艦已射出魚雷，六十六節，距離九公里！」王艦長急令：「立即掉頭！」

稍早「禹級」六號艦聲納員：「水面接觸，東方十公里，速度三十一節，判定為台灣『派里級』巡防艦。」

何艦長下令：「艦尾八號魚雷對準目標水面艦準備發射……」話未說完，忽聽聲納員急報：「水中有魚雷！兩枚，天啊！一百二十節！這是什麼東西？」何艦長急令：「發射！全速前進！」

花蓮號艦橋，聲納員報告：「我艦發射的魚雷已穩定追踪目標，預計三分鐘後碰撞。敵艦來襲魚雷距離七公里，我艦已迴轉完成，現正以三十二節向東航行。」

王艦長下令：「艦尾靶船備便。」

「禹級」六號艦聲納員：「兩枚來襲魚雷不理會我方的誘餌繼續追擊本艦，距離三公里。」艦長無計可施，「二公里……一公里……」乘員面面相覷。

最後魚雷一中艦尾、一中艦腹，「禹級」六號艦立即被毀，沉入冰冷的海底。花蓮號總算替飛魚五號和高雄港的犧牲者報了仇！

「兩枚噴射魚雷都命中目標，船體破裂聲，敵艦確定擊毀。追踪我艦的魚雷距離四點五公里。」

王艦長下令：「放靶船。」靶船從花蓮號船尾被推入海中，並被用一條繫留繩牽引，遢至船尾二百公尺處，並開始發出巨大的電磁感應網。

三分鐘後，來襲的魚雷偵測到電磁感應網後，立即引爆戰雷頭，花蓮號又一次死裡逃生。

共軍這一連串的核攻，對台灣海軍造成無可彌補的損傷，猶如在已是遍體鱗傷的海防事務上再重重地踩上兩腳，使得台灣當局不得不重新調整防禦方式。

在衡山指揮部，楊中將說：「我們已面臨作出抉擇的時刻了，攸關國家生存的『金湯計畫』，如今已有兩樣被摧毀了。第三道防禦的『弓四』與『愛三』飛彈只剩一半，要對付敵人的飽和攻擊，只有用先制攻擊以應之。另外，我們一定要對他們的核攻擊作出回應，如果我的估計沒錯的話，共軍在二十四小時之內一定會攻擊澎湖，我們當以『寂靜行動』來對付他們，畢竟是他們先起的頭。」

五分鐘後，指揮官下令撤退澎湖的所有軍民，撤退不及的就進入祕密的地下碉堡。

六月八日上午十一點整，台灣本島各地爆出一百二十道火光，有的從大武山、阿里山的祕密基地，有的從原本行駛在高速公路的大型貨卡，有的從港口內的貨櫃中射出，其目的地都是大陸。

同一時間在中南海，國防部長說：「剛剛白司令來報，重裝登陸船隊已於三個小時前出發，騎兵旅也將在一個小時後出發，接下來就看二砲及空軍的表現了。」

空軍司令員說：「我們的戰機已經升火待發了，只待二砲把台灣的殘餘空軍機場再澈底轟炸一次。我們不但可以護航陸軍的行動，也可為陸軍做密接支援。」

二砲司令員說：「我已準備好把剩餘的三百多枚飛彈對準台灣的十四個祕密機場及玉山的雷達站。這次我保證集中目標，一次就讓它們灰飛煙滅。諸位只需再等一個多小時就有好消息了。」

會議在一片樂觀的氣氛中進行著。三十分鐘後，忽然一名軍官神色緊張地走進會議室，遞給二砲司令員一張紙條，二砲司令員看完後驚呼：「什麼！基地受到飛彈攻擊？我方九成飛彈被炸毀？連攜帶核子彈頭的『東風-26N』都損失了超過六成？天啊！這到底是怎麼回事？」話剛說完，又有消息來報：「廣州機場遭襲，跑道上升火待發的戰機幾乎全軍覆沒。」與會的眾人一時相對無言。

再回到台灣南部灘頭，自萬丹到南州一帶的中華民國陸軍所組成的包圍網，最外層是中華民國第二裝甲師的七百二十輛飛虎戰車，再來是蘭陽師的兩個砲兵團，及從南台灣各地前來支援的二十個砲兵營與第三〇一野戰師的一個野戰砲兵團。

最內層則是由蘭陽師的裝甲部隊與第三〇一野戰師，步兵第一、第二旅的步兵聯合教導第一、第二戰車團，和後備第一裝步團所共同組成的包圍網，將四個灘頭陣地（林邊、佳冬、東港、枋寮）包圍得滴水不漏。

在包圍網內的共軍身處毫無遮蔽之下，其實無異於活靶。中華民國總共出動了戰車砲、自走砲、拖曳跑、多管火箭砲四千多門，對準四個灘頭陣地，只待一聲令下即可同時開火。

上午十一點三十分，中華民國一號預警機：「共軍從福建起飛大批直升機朝向台灣南部而來，並已有戰機在集結起飛中。」

衡山指揮部指揮官：「來了！起飛所有的戰機，傾我們的所有。」中華民國空軍在三十分鐘內起飛了星式戰機、F-16、IDFP等新銳戰機共三百八十架。

在中南海，主席問陸軍司令員：「我們的直升機都起飛了嗎？」

陸軍司令員回答：「共八百八十架已經起飛了，我真想親眼看看那直升機蔽空而過的威武行列。」

空軍司令員說：「我們空軍的戰機也開始起飛了，總數有二百八十架，這一次以量取勝，不但可強勢護航直升機登陸，說不定還能趁機消滅台灣空軍的殘餘兵力。」

這時中國預警機的報告傳來：「台灣開始派出飛機。」

空軍司令員笑著說：「哈！來得好，待我們把這些蚊子一舉去除。」

預警機又報告：「台灣的飛機陸續起飛，數量已近一百架。」

空軍司令員仍滿腹笑意地說：「很好，來送死的越多越好。」但是情況不太對勁，等到預警機數到二百架時，空軍司令員等人的笑容變成不可置信的驚訝表情。

預警機再報：「敵機從台灣本島的公路、林中等六十多處不明地點起飛，數量已超過三百五十架以上了。」

空司司令員急道：「不行，我要召回戰機，我不能冒著機群全軍覆沒的風險。」

陸軍司令員哀嚎地說：「那難道要陸軍的八百八十架直升機全軍覆沒？」

國防部長緊急插話說：「都召回吧，你想想看，空軍要護航直升機，但數量卻比敵人少，若是讓幾十架敵機衝進直升機機群，那會發生什麼事我想你也知道。不如再重新討論一個新方案。」

陸軍司令員說：「那麼登陸船團又該如何呢？現在登陸船團剛過了澎湖。」

國防部長說：「對了，就是澎湖，我有主意了。我為你們找了一個直升機中繼站，以後就可以不再那麼麻煩了。」

六月八日正午十二點整，林邊灘頭，共軍前進指揮所「彭中將」再一次以無線電確認，支援船團再有一個多小時就會到了，心中略感寬慰。這次他帶來八個師的菁英，如今只剩下一半人固守著這四個以血肉換來的灘頭陣地。

彭中將希望這些犧牲是值得的。十五分鐘前自己才為了毛少將的事，在無線電中和白司令吵了一架，毛少將在福州的家人已被捕下獄，白司令的一意孤行，彭中將認為會出大亂子。轉而一想，如果自己是毛少將的話，又會怎麼做呢？

忽然間「轟！」的一聲巨響，一發砲彈落在彭中將的陣地裡，接著不出三十秒，中華民國軍隊千砲齊發，有如萬馬奔騰！共軍陣地裡頓時受到如翻天覆地般的砲擊。

「找掩護！」共軍反砲擊陣地中響起此起彼落的命令聲，但是除了林邊、東港有一些單薄的建築物可供自我保護之外，其它都是一望無際的沙灘。至於說到反擊，那更是杯水車薪，用不了三分鐘就被中華民國軍隊猛烈的砲火吞噬了。

二十分鐘後，共軍的支援船團來電查詢現況，彭中將叫副官回答：「現正遭受敵人猛烈的砲火攻擊，現正等待空軍支援，我軍無法接應登陸！彭中將正和白司令商討下一步該如何。」但正在和白司令以無線電通話的彭中將，聽到白司令的回覆後勃然大怒。

「什麼！沒有空中支援！暫不登陸！那我們要怎麼辦？」彭中將對著無線電大吼。

白司令從無線電回答：「你們只要堅守下去就可以了。」

彭中將怒道：「這樣下去，我們很快會撐不下去，不如叫登陸船團來把我們撤走。」

「你瘋了嗎？我告訴你，即使是血流成河，戰到最後一兵一卒也不准把好不容易搶下的灘頭再讓回敵人手中，你看著辦吧！」白司令說完後立刻中止通話。

下午一點整，砲擊停止了，中華民國又派出招降小組，彭中將的心中已經開始動搖，但茲事體大讓他猶豫，無法下決定。他完全可以體會到毛少將在新竹投降時內心的痛苦掙扎，最後他與台灣方面達成協議，十八個小時後再給最後答覆，而台灣方面也同意對他們停火到第二天早上七點。

另一方面，六月八日下午二點三十分，中華民國澎湖防衛司令部接到報告：「共軍登陸船團已轉向朝澎湖而來。」

澎防部司令：「終於來了！十分鐘內起飛馬公機場的撤退班機，其餘人員設定好水雷、詭雷之後，隨我前往防空避難所，務須清點所有人員。」

共軍的登陸船團在避過少許的岸砲並排除水雷、詭雷之後，登上澎湖時已是下午五時了，卻找不到一個人影，於是下令搜索全島。

「他們一定是躲在某一個離島上。」共軍指揮官心想。可是直到深夜仍無所獲，卻在凌晨零時接收到台灣無線電廣播：「共軍立即撤出澎湖，台灣將於六月九日早上六點整對澎湖使用大規模殺傷性武器。」

共軍指揮官交代下屬不要理會台灣的廣播，繼續清查各地，一定要找出藏匿的敵人。但指揮官自己卻悄悄地搭上旗艦「珠海號」，於凌晨三點急忙朝福州去了，留下七萬多名共軍登陸部隊和一萬多名海軍操船人員，鞏固在澎湖的戰果。

六月九日早上五點五十五分，從台灣林口某祕密基地噴出火光，五分鐘後，在澎湖馬公的上空七千公尺處爆開一個火球，這是一枚五萬噸低當量加強輻射的融合中子彈。

爆炸的火球在距離地表一千公尺處即消散得無影無踪，但在爆炸聲尚未傳到地面時，在方圓三十公里一片地表都受到高密度、高速的中子攻擊，其威力可直接穿透六吋厚的鉛板，並殺死在內中的任何生物。

台灣澎防部司令率領九百多名部屬，在共軍登陸澎湖之前，即躲入有八吋厚的鉛板包覆的地下防空洞，所以毫髮無傷，對比於防空洞外的世界那可是截然不同的情景。

曝露在外面的人員，不管是在戶內、戶外或是身處裝甲車輛內，每一個人的腦部組織突然受到數以百億計的中子撞擊，雖然大部分的中子都無害穿過，但仍有少數的中子直接撞擊到構成腦部組織的原子核，立即造成原子核的連鎖破壞而影響到附近的原子核，不到半秒鐘便會使人致命。有別於核子彈會留下滿滿的放射線，「融合型中子彈」只有在爆炸的那一瞬間有放射線（中子），爆炸完後不會像核子彈般的留下放射粒子汙染環境，更不會破壞建物。

這次共軍的登陸船團共有七萬多人轉向澎湖登陸，再加上海軍操船人員一萬多人，在爆炸的一瞬間萎頓在地，除了少數的幾百人因身處船艙底部而幸運地逃過一劫之外，其餘的八萬多人全部死於無聲無息之中，尤其已上岸者更無一人生還。

早上六點十分，澎防部司令和眾人走出防空洞，準備收拾善後，雖然可預見會看到什麼，但等親眼看到悽慘恐怖的景象，還是令人心驚肉跳。

眾人一路走來，眼見不論是人畜鳥獸都已成為屍體，尤其是人屍比比皆是，岸上的數萬共軍或俯臥或仰躺，表情一如平常，好像並不知道自己已死似的，另有一萬多名共軍則死在登陸的途中和船上。屍體數量實在太多了，不知從何收拾。

好在四十分鐘後，從台灣本島飛來十五架次的運輸機與十二架的波音七七七客機，載來四千八百名的特種部隊，用來幫忙收拾善後及重建防務。

六月九日早上七點整，在台灣南部被共軍占領的四個灘頭，已成困獸的共軍彭中將做出決定。半個小時前他們從電視上得知發生在澎湖的恐怖事件，再想到自己早已成為棄卒的地位，這決定已不言可喻。就此台灣接收了開戰至今最大的一批戰俘，也收復了林邊、佳冬、東港、枋寮四個灘頭。

這一次白司令被叫到中南海來。國防部長罵：「你是怎麼辦事的？前後損失了二十多萬名部隊，卻一事無成。」

白司令反駁：「我怎麼知道台灣竟敢使用核子彈？況且我們也消滅了台灣海軍，擊落超過五百架台灣空軍的飛機，並在地面上殺死了至少十幾萬人，那也不是一事無成。」

國防部長怒罵：「付出的代價是我們的海軍幾乎全軍覆沒，我們的空軍在空中及地面共被炸毀近一千架戰機，以及陸軍損失二十八萬多名部隊，而且台灣的傷亡主要是老百姓，其數目也遠不及你說的十幾萬人。而澎湖一役，戰果掛零，自己卻全軍覆沒，你還有什麼話說？」

白司令狂怒：「你別把一切責任都推到我身上，是你們臨時決定要登陸澎湖的。」

陸軍司令員上前打圓場：「算了，現在不是自亂陣腳的時候，但我想知道毛少將和彭中將為何這麼輕易地叛降？你要如何處置他們呢？」

白司令說：「我明天就把他們的家人公開處決。」

陸軍司令員說：「好，你就負責這件事就好了，其它的讓我們來處理。」

這些中南海的高官們很快會知道，他們剛做了一件影響中國前途的傻事。

等白司令走後，主席說：「看來我們不得不啟動『第二計畫』了。」

所謂「第二計畫」，是指當登陸作戰失敗時，以中國的海軍對等消耗台灣的海空軍，反正世界上已無任何國家能從海上攻擊中國，所以中國可集中沿海各省的兵力，與台灣陸軍決戰。而到時候台灣已無海空軍了，所以屆時只要占領台灣一個港口與機場，便可運送一百幾十萬名部隊到台灣決戰。

六月十一日下午二點整，衡山指揮部來了中華民國最高統帥（總統），一到達就先為傷亡的軍民致上哀悼之意，接著感謝眾人堅守崗位、不屈不撓，方能獲得今日的勝利。

話剛說完，戰略情報局局長（楊中將的另一身分）開口了：「總統，您恐怕是太樂觀了，根據我在三個小時前所獲得的情報，中國正從沿海各省調動部隊，並已下令各省的商船及漁船向所屬各省的軍港報到。這裡有一份中國的『第二計畫』資料影本，我恐怕他們正要執行這個計畫了。」

總統看完資料後，說：「真駭人，但我們有哪一個港口或機場會有那麼容易被占領嗎？」

中部地區守衛司令說：「莫非楊中將指的是台中港和清泉崗機場嗎？這兩地因二〇二二年的核爆，經整理後，現在處於核汙染的同化沉澱期，……糟了，正好給共軍趁隙而入的機會。」

楊中將一拍大腿，說：「是了！難怪共軍三番兩次要空襲都特意跳過台中。」

總統說：「那我們是不是立刻派軍隊進駐這兩地？」

楊中將說：「我這裡有一份計畫書，這是中華民國計畫了四十年的『以進為退』的祕密行動。」

楊中將等大家把行動內容計畫書看完，接著又說：「各位想一想，今天我們阻擋了他們一次，過個半年、一年又來一次，這樣糾纏無時無休，既然他們要玩這麼大，那我們就把問題一次解決。大家要有信心，長痛不如短痛。」

總統猶豫地說：「那麼我們難道不用對那兩地做什麼預防措施嗎？」

楊中將說：「我們在中部地區有八個工兵營，今晚我即命令工兵營前往這兩地裝設詭雷及陷阱，挫一挫共軍的銳氣，並在共軍可能的空降地裝設大量的煙幕彈。」

總統嘆口氣說：「好吧，事情是由他們起頭的，我們只有全力以赴了。陸軍你們要做好準備，海、空軍你們也要有充分的覺悟，陸戰隊特戰旅也要好好地保存我們的戰略核武。」

陸軍參謀長說：「養兵千日，用在一時，我們的三十八萬弟兄（含祕密訓練的部隊）已經忍了四十年，這次一定要讓共軍知道什麼才是現代化的陸軍。」

空軍參謀長說：「我們空軍早有戰至最後一人的覺悟，共軍想把我們趕盡殺絕，那是在作春秋大夢。我知道他們還有一百多架戰機及五十多架轟-7尚未出動過，但我們也留了一手。」

海軍參謀長說：「我們在水面上僅存一艘驅逐艦、五艘巡防艦及三十一艘制海艇和二十八艘飛彈快艇，另有十二艘砲艇即將派上用場，我們尚有百分之八十的水下戰力，共軍想入台海而平安不受攻擊，那他們將會踢到大鐵板。他們還有一艘載有核子魚雷的潛艦，我們必會想出辦法對付的。」

楊中將說：「我打算重新調整戰略潛艦的配置，如此一來將可騰出兩艘最有實戰經驗的『飛魚級』潛艦，以加入海軍幫你們對付共軍的核彈潛艦。」

海軍參謀長說：「太好了，有了這兩艘潛艦我們就更有信心了。我們的兩艘『劍魚級』及兩艘『古皮級』也將再度披掛上陣，而且『古皮級』已加裝了魚雷發射管。」

總統說：「既然大家都這麼說，大夥兒就好好地商議一番吧。」

第十三章　從海底出擊

海南島三亞灣，諾大的港灣已不見從前那般的繁榮景象，不可一世的南海艦隊如今只剩下四艘水面戰艦和七艘潛艦，而劃入東海艦隊的十五艘戰艦，據說也只餘下七艘。

對共軍來說，好消息是報仇的機會來了，今天將要出動南海艦隊全部的水下戰艦，他們的任務是「消滅台灣海軍殘餘兵力」。他們的組成是一艘「禹級」、四艘「明級」與兩艘中國僅存的「基羅級」，一行七艘潛艦浩浩蕩蕩地向著台灣出發了。潛艦團以十二節的速度往台灣北端前進。

六月十六日凌晨四點整，在高雄西北外海四十公里處，七艘共軍潛艦浮上水面，彼此以無線電互相連絡，接著再潛回海中，改以「戰鬥隊形」前進。所謂「戰鬥隊形」即是以四艘「明級」及兩艘「基羅級」成四十五度扇形向前進，而「禹級」則在扇把處，沒想到才下潛五十分鐘就遇上狀況了。

中華民國海軍「派里級」巡防艦「台南號」正經過鹿耳門外三十公里處，「台南號」是奉令從台中趁夜趕赴高雄港，正以十二節的靜音速度航經此處。

凌晨五點整，「台南號」聲納員報告：「聲納接觸，西方九點五公里，航向北方，航速十四節。」

「向西北方加速追擊，噴射魚雷備便。」艦長下令。

「距離八點五公里，經判明為共軍『明級』柴電潛艦。」

艦長下令：「一號魚雷發射。」

「距離八點五公里，魚雷距離七點五公里。」聲納員持續報告：「魚雷距離四公里……天啊！水中有魚雷，發自『明級』西方三公里處，距離七公里。」

艦長下令：「本艦全速往南航行，魚雷備便。」

聲納員報告：「報告艦長，現在我艦尚未偵得發射魚雷的敵艦，若讓我艦魚雷用自由搜索模式，敵艦又在擋音區內，所以現在不能發射魚雷。」接著再報：「攻擊『明級』的噴射魚雷預計三十秒後擊中，來襲魚雷距離五點五公里。」

「『明級』已被擊中，來襲魚雷距離四點五公里，……有了！發射魚雷的敵艦已偵知，判明為『基羅級』，距離七公里。」

艦長下令：「發射魚雷！」

「來襲魚雷距離三公里。」台南號已到生死關頭了。

艦長臨危不亂，冷靜地下令：「放靶船。」

靶船立刻被放出去了，兩分鐘後，來襲的魚雷擊中了靶船，接著噴射魚雷也擊中了「基羅級」，「台南號」全艦響起一陣歡呼聲，正當大家興高采烈之際，忽聽聲納員驚呼：「水中又有魚雷！兩枚！天啊，就在正前方五公里處。」原來是另一艘「明級」所發射。

艦長急令：「朝西轉向！」

聲納員又報：「來襲的兩枚魚雷距離三公里。」「來襲的兩枚魚雷距離兩公里，又有一枚魚雷自正前方而來，距離七公里。」現在「台南號」被三枚魚雷前後夾擊。

艦長：「媽的！魚雷備便，自由搜索模式，發射！」

聲納員：「魚雷已發射，後方來襲的兩枚魚雷距離一公里，前方來襲的魚雷距離五公里，我方的魚雷已捕捉到敵艦，預計九十秒後擊中。」

最後「台南號」被三枚魚雷擊中，而「台南號」所發射的魚雷也擊中了第三艘敵艦（第二艘明級），這時發射一枚魚雷偷襲「台南號」的「禹級」潛艦浮到潛望鏡深度，觀察已載浮載沉的「台南號」。

眼看「台南號」救火已趨徒勞，艦員集結於船頭，正準備放下救生艇的時候，共軍「禹級」潛艦不但沒有施以援手，反而又對著「台南號」的船頭發射兩枚魚雷，這兩枚魚雷炸死了「台南號」全艦的官兵，以致中華民國的搜救直升機到來後，只見海面上大量四肢殘缺的浮屍，竟未能救起任何活人。

「台南號」雖被擊沉，但在「以一敵四」的情況下仍能擊沉三艘共軍潛艦，其英勇作戰的事蹟足以在中華民國海軍史記上一筆。而中華民國海軍上下對共軍那趕盡殺絕的殘忍作法非常憤慨，不過海軍指揮官嚴令各型船艦不准出海，將另有部隊前去對付共軍潛艦。

六月十六日晚上十點整，中華民國飛魚三號、飛魚四號艦自新竹外海下潛，以三十公里的間隔，在離岸四十公里與七十公里處，以十五節的靜音速度向南航行。

飛魚四號的艦長是經驗豐富、戰功彪炳的沙場老將，他一直在苦苦思考著如何破解核子魚雷的戰術，到如今卻仍未想出辦法，只好走一步算一步了。

晚上十一點三十分，飛魚四號艦的聲納員報告：「聲納接觸，西南方十二點五公里，速度十四節向北，應是共軍的『明級』柴電潛艦。」

艦長下令：「二十節靠過去。」

「距離十點五公里，確定是『明級』。」

「魚雷備便，再靠近一點，它一定還有同夥。」艦長令。

聲納員又報告：「距離六公里，命名為T１，……且慢，聲納又有新接觸，西南偏西，八點五公里，是『基羅級』，命名為T2。」

艦長：「是它了！魚雷瞄準T1、T2，發射！發射！本艦全速朝北轉向。」

聲納員：「魚雷已朝各自的目標直奔而去，預定兩分鐘後擊中T1，三分鐘後擊中T2。」

「T2（基羅級）即將被擊中，……不好！T2已進入T1（明級）所形成的擋音區，兩枚魚雷即將同時擊中T1。」

艦長說：「好你個『基羅級』，艦尾五號魚雷備便，一逮到T2就立即發射！」

「T1已被兩枚魚雷擊中，確定擊毀；『基羅級』不愧是號稱『深海的黑洞』，本艦已距T2只約八公里，竟然聽不到它的蹤跡……不好！魚雷來襲！西南方十二公里，七十二節，是個大傢伙！」

艦長下令：「全速前進，五號魚雷改自由搜索模式，朝著T2的可能方位發射！」

聲納員：「來襲魚雷距離九公里，本艦速度三十九節。」

艦長下令：「噴射推進立即啟動。」

「來襲魚雷距離八公里，本艦速度四十八節。」

艦長一邊聽著聲納室的報告一邊回想：「噴射魚雷以前只有一次沒擊中目標的記錄，是在追擊『海狼級』的時候，因為『海狼級』觸發了『反自歸向線』，而導致魚雷自爆……」忽然靈光一閃，「反自歸向」，是了！「反自歸向」是解決目前困境的關鍵！

「反自歸向」是一般在發射魚雷時，為免誤傷發射艦的一項保險措施。當魚雷的航向與發射艦相衝突時，魚雷便會自爆。

飛魚四號艦長立刻下令：「往西慢慢左旋。」

聲納員：「我艦所發射的魚雷擊中Ｔ２（基羅級），來襲魚雷距離七公里，我艦速度五十九節。」

「來襲魚雷距離六公里，我艦速度七十節。」

「來襲魚雷距離六公里，我艦速度七十三節。」

就此飛魚四號與來襲魚雷相距六公里，持續拉鋸中，但魚雷有四十公里的射程，而飛魚四號艦的噴射推進只剩三分鐘了，所以艦長知道在飛魚四號艦的噴射推進用完之後，會被核子魚雷趕上至少兩公里，這就是艦長一直在煩惱的事。

「再加快左旋的速度。」艦長下令。

輪機室報告：「噴射推進已用完。」

「本艦速度開始下降。」

飛魚四號艦逐漸被核子魚雷趕上，但也逐漸到了與核子魚雷發射的原始方向成一百八十度。

「來襲魚雷距離五點二公里，本艦速度三十九節。」突然一陣強烈的震波自艦尾襲襲向全艦，艦內眾人都被震得跌坐在地板。

「災損報告！」艦長令。

「超導體推進器百分之九十正常運作，其餘各部門都正常運作。」

艦長下令：「二十五節向西前進。」

原來核子魚雷在距離飛魚四號艦五點二公里時，觸碰了「反自歸向線」，戰雷頭內部立刻啟動一個開關，命令電容器開始放電到一百二十八片炸藥片，炸藥片內炸，將其內中的二十八公斤濃縮鈽元素壓縮成彈珠狀，並引起連鎖反應，巨大的能量瞬時以熱的方式向四面八方迸射而出，影響直達十數公里遠，但最後終究敵不過大自然而消逝得無影無蹤，只留下大量的放射粒子。

二十分鐘後，飛魚四號艦聲納員報告：「聲納接觸，西方十二公里，雖然是像躡著腳尖在行走，仍然吵雜得像菜市場一樣。」

艦長下令：「減速為十五節，朝西北靠過去。」

艦長心知這艘吵雜的「明級」是誘餌，一定還有一艘伏兵，共軍的這一招在對付飛魚五號艦時用過，剛剛又用過，現在已經不靈了。

聲納員報告：「『明級』在西方六公里處。」

「繼續跟踪。」艦長令。

「『明級』在西方四公里處，即將通過。」聲納員報告。

「讓它過去，一隻老烏龜，它哪裡也去不了。」艦長令。正說著間，突然間聲納員急切地報告：「又有新的聲納接觸，機械聲略小，南方十公里，判斷是中國的『禹級』核子動力攻擊潛艦。」

艦長心中一凜，「是它了！」急下令：「全艦北轉，艦尾魚雷備便、艦首魚雷備便。」

聲納員再報：「左前方『明級』距離四點五公里，後方『禹級』距離九公里。」

「艦尾魚雷對準『禹級』發射！艦首魚雷對準老烏龜『明級』發射！本艦全速前進！」

就這樣飛魚四號艦一舉幹掉了兩艘來不及反應的共軍潛艦，也打亂了共軍偷襲台灣海軍的詭計，這次南海艦隊的七艘潛艦全軍覆沒。

第十四章　碧血長天

中華民國空軍玉山戰術協調會報剛開完會，各大隊長魚貫地走出會議室。王中隊長現在已變成大隊長了，他原來的大隊長在與共軍會戰時殉職。中華民國空軍在經歷多次與中國空軍險惡的大規模交戰之後，雖擊落了四百九十八架共軍戰機，自己卻也損失了一百九十六架攔截機（包括在地面上被擊毀的三十一架），使得中華民國空軍的「星式戰機」由三百六十架銳減為不到兩百架。

中華民國不得不調整整個作戰方略，尤其是星式戰機的空戰王牌「飛箭六型」飛彈已快用盡了。為此王大隊長還數度向上級反應而未果，直到今日會議時，才知道原來上級是要把這次的危機變成轉機，並訓令各大隊長嚴守祕密，時為二〇二七年六月十九日。

海軍也是在煩惱「噴射魚雷」嚴重不足，所以海軍用了變通的辦法。

自六月十九日起，每日有一架 A－380貨機從神祕的地點飛來，降落在松山機場，為期六天；並有兩架C-5A貨機自美利堅西岸聯盟飛來。

A-380的貨物清單是十枚噴射魚雷及五百二十枚「飛箭六型」。C-5A則是運來「MK-52型」魚雷六十枚及「AMRAAM」三百枚。

六月二十一日上午十點整，共軍派出一百二十架空優戰機過海來挑釁，中華民國方面則派出四十八架星式戰機迎戰。

令共軍不解的是，星式戰機一接觸即往後逃，在擊落了三架共軍戰機及本身折損兩架之後，立即逃入陸基防空飛彈的保護圈內。共軍因為只攜帶了對空武器，所以並未上當，便帶著二比三的戰績返回中國大陸去了。

經過這次空戰，共軍認為已獲得驗證：一、台灣最多只剩一百架空優戰機，餘下兩百多架是非空優及老舊戰機。二、台灣已無中程空對空飛彈，所以只要共軍出動一次絕大規模的空襲，必能掃平台灣空軍及陸軍的防空勢力殘餘。

二〇二七年六月二十八日上午九點整，大陸某基地的指揮官：「同志們，締造歷史的一刻已經來到了，大家就在今日把台灣的空軍跟所謂的飛彈部隊一起葬送在歷史的灰燼裡！」指揮官的廣播透過網路同時到達閩、浙、粵等地的二十一個機場，登時響起一片震天的歡呼聲，接著指揮官又下令：「預警機起飛！」然後二十一個機場的戰機也跟著逐次起飛。

「來了！」中華民國衡山指部的指揮官說：「派出雲雁五號、六號在空中待命，一旦知道中共預警機的位置，立刻前往殲滅。」

空軍參謀長也下令：「開始執行『碎肉機行動』，各機依計畫依序起飛。」

海軍參謀長則下令：「各艦開始對空警戒模式。」

中國這次可真是「傾巢而出」，海軍航空兵尚餘八架SU-35K與十六架殲-15已全數劃交空軍使用，這次全都用上了。

共軍總共出動了：

一、殲-12兩百架及SU-35K八架，裝配對空武裝，用來消滅台灣空軍的殘餘部隊。

二、殲-11兩百架，裝配對空及對地武裝，用來對付台灣的岸基飛彈。

三、三百一十二架殲-10、殲-8及轟-6，全部裝配對地武器，用來攻擊台灣的砲兵陣地及機場與其它軍事設施。總數計有約七百二十架。

這時中國已從浙江和廣東各起飛了一架預警機，但他們不知道等在台海東側的「雲雁」五號、六號立即偵知並分赴浙江及廣東截擊。

飛行在浙江的中國預警機：「打擊大隊，立即分成南、北兩隊，前往各自的目標地。」

共軍北路是由一百六十架殲－12及一百八十架轟炸機，打算自桃園入侵；共軍南路則是由四十架殲－12及八架ＳＵ－35Ｋ，預定自台南入侵，主要目標是屏東的九鵬基地與花蓮的佳山基地。

另一方面，「雲雁」五號、六號受中華民國預警機指揮，加速到一點三馬赫，花不到十分鐘，「雲雁五號」就到達浙江境內，開始搜索中國預警機。

此時飛行在浙江上空的中國預警機：「打擊北隊，在你們前方一百公里處，三萬八千呎高空，有四十八架台灣戰機攔截，準備好你們的『蟠龍二十七』，聽我指揮分配目標。」

中國預警機並不知道死神已找上他，而侵入台灣的打擊北隊也認為台灣已無長程制空武器，在前頭的敵機又只有四十八架，今天的任務可說是輕而易舉、手到擒來。

飛行在浙江上空的中國預警機持續遠控下令：「打擊北隊注意，敵機已發射飛彈……」預警機就此沒了聲音，原來中國預警機已被「雲雁五號」擊落，而在台灣上空的中華民國戰機已有二十四架連番射出九十六枚飛彈，射完飛彈後立即上翻，並開啟後燃器朝東而遁。

打擊北隊眼見追擊不及，只得先行躲敵人的飛彈，在共軍費盡九牛二虎之力並損失了二十九架殲－12而尚未回過神來時，另外的二十四架星式戰機又向前來，並也射出九十六枚飛彈，射完後星式戰機又是上翻向東脫離戰場。這時共機以為可以喘口氣，卻又來了另一批四十八架星式戰機。

共軍在剛才的空戰中損失了五十四架殲－12，正想重整隊形前去追趕已無飛彈的敵機，沒想到又碰上另一批滿掛飛彈的四十八架星式戰機，又是一場硬仗。

星式戰機遵守原則，盡量在飛彈的射程邊緣發射飛彈，這場空戰下來，中華民國空軍又擊落了四十三架殲－12及兩架殲十一，自己則被擊落兩架。

就這樣，共軍的打擊北隊機群像被剝了兩層皮，且已臟腑外露。當共軍打擊北隊千辛萬苦地到達台灣海岸線時，等著他們的是中華民國九十六架F－16D，而在高空又來了十二架星式戰機遠遠地監視著共軍機群，一有機會便冷不防地給共軍機群來那麼幾顆飛彈。

先前兩波共九十六架星式戰機為了執行「打了就跑」戰術，每架只掛載四枚「飛箭六」中程空對空飛彈，這次的十二架卻滿載各八枚「飛箭六」飛彈，不但可以剝光共軍的外皮，更可攻擊共軍的心臟部位。

九十六F－16D攜帶AMRAAM及AIM－9，在稍後直接衝入敵機群的心腹地帶，開始大開殺戒，其過程如斬瓜切菜般的容易，用不了幾個回合，就將共軍殺得大敗。尤其是共軍戰機失去了預警機的指揮，陣腳大亂，一心只想逃回老家，過程中共機被擊落一百二十架，餘下約二百架共機，未投一彈便迅速掉頭朝向中國大陸而去了。

另一方面，共軍的打擊南隊是由八架SU－35K率領約三百架各式戰機，打算由台南入侵，其目標仍是佳山基地與屏東的九鵬基地。

SU－35K每架攜有六枚「白楊三」長程空對空飛彈，射程一百三十公里，及兩枚「環礁五」短程空對空追熱飛彈，射程六公里，威力不可小覷，但如果遇上的是雷達看不到的敵人，又將如何呢？更何況飛行在浙江、廣東上空，各指揮著打擊北隊、南隊的兩架中國預警機，都已被「雲雁」五號、六號擊落了，共軍機群猶如失去了雙眼。

共軍的打擊南隊到達台南外海八十公里處時，中華民國的三十二架「隱形戰機」已到共軍前鋒前方二十公里處，而在嘉義上空則有由王大隊長率領的四十八架星式戰機在九十公里外，另在一百二十公里外屏東上空則有四十八架F－16。

中華民國預警機：「黃雀長機，請注意，在你的前方二十公里處就是敵機，請準備攻擊。」

同一時間，共軍打擊南隊的SU－35K領隊：「在東北方一百公里處，有四十幾架敵機，高度一萬公尺，各機準備發射飛彈。」共八架SU－35K即刻準備自己的「白楊三」長程空對空飛彈瞄準敵機，三十秒後，「發射！」

同時，「發射！」「隱形戰機」也射出了「箭五型」短程空對空飛彈。

SU-35K領隊機見己方已齊射八枚飛彈，正待下令再發射之際，忽聽四處響起爆炸聲，火雲朵朵，己方被不知從何而來的飛彈擊落六架SU-35K及十七架殲-12，原來「隱形戰機」所發射的六十四枚「箭五型」已射入共軍機群中。

遠在嘉義上空的星式戰機正好整以暇地準備發射「飛箭六」飛彈時，王大隊長緊急下令：「飛彈來襲！被鎖定的各機自行緊急閃避[4]。」

結果有七架星式戰機被鎖定，急上旋、倒迴飛，並加速往東逃離。

王大隊長與數架未被鎖定的星式戰機則是加速往前衝去，然後在七十公里處對著共軍打擊南隊的前鋒九架戰機發射了十二枚「飛箭六」飛彈，這時王大隊長及另一架僚機機內響起淒厲的警報聲，他們已被敵方的飛彈鎖定了！

SU-35K前鋒遍尋四周不見敵蹤，便令僅存的僚機一齊向從七十公里外急衝而來的敵機射出飛彈。但五秒鐘後，自己也被敵人的飛彈鎖定。

「飛箭六」離開發射架之後，立即點燃了助推火箭，爆炸般的推力在三秒內將彈體加速至二千二百公尺的秒速，接著由續航火箭將飛彈推至秒速二千五百公尺的終端速度[5]，以此速度朝目標飛去，不斷地接受飛彈鼻端的指揮修正航向，直到與目標合而為一。

兩架SU-35K都採取同一策略對付「飛箭六」的攻擊，即是正面迎向飛彈，待視野中出現飛彈時，再猛一上升，做出著名的「包加契夫眼鏡蛇」動作，讓飛彈自下方通過，可惜「飛箭六」太快了，彈頭威力又太大了，兩架ＳＵ－35Ｋ都被飛彈從尾管處撕開。

另一方面，兩架星式戰機被共軍的飛彈鎖定，好個「王中校」，不退反進，雙機皆向飛彈的來路加速迎上去，直到眼中出現飛彈的蹤影，立即下旋逆轉，輕鬆地躲過飛彈的追擊，另七架被飛彈鎖定的星式戰機最後被擊落兩架。

王大隊長急令全體星式戰機機群對共軍機群展開自由攻擊。

這時「隱形戰機」闖入共軍編隊中，頭也不回地殺將過去，遇上的共機不是被炸成火球就是筋斷翼折，共軍想要反擊，雷達卻無法偵知「隱形戰機」的存在，接著又有五十架以上的共機被飛彈鎖定，使得共機再也無暇做有組織的反擊。

禍不單行，五分鐘後，接連又有七、八十架共機被不同的飛彈雷達波鎖定，是ＡＭＲＡＡＭ！

那是由剛從高雄出海的四十八架Ｆ－16所射，每一架Ｆ－16可掛載ＡＩＭ－120中程空對空飛彈（ＡＭＲＡＡＭ）及「ＡＩＭ－９Ｐ」短程空對空追熱飛彈（響尾蛇）共六枚。

Ｆ－16和星式戰機在射完中程空對空飛彈之後，立即加速衝入共軍機群大開殺戒，共軍機群經不起這樣的連番殺戮，草草抵抗一會兒就鳴金收兵，沒有死的，丟下炸彈便狂奔回大陸去了。

這一仗中華民國損失星式戰機二十九架、F-16三十一架，共軍則折損各型戰機共二百九十架，但共軍因無預警機，所以都浮誇戰果，竟說成共軍擊落台灣戰機二百架並轟炸了無數台灣的地面設施。

北京的中南海，主席說：「真想不到台灣竟然還有二百多架戰機，也真難為你們空軍了。」

國防部長說：「都沒了，他們最後的壓箱寶也擠出來送死了，從此世界上再也沒有台灣空軍了。」

空軍司令員憤恨地說：「我們被擊落與在地面上被炸毀的戰機總共超過一千五百架，那可是我們國家三分之二的精銳。」

主席安慰他，說：「這次解放台灣，空軍將居首功。」

海軍司令員不平，說：「那我們海軍呢？海軍已經精銳盡失，現已淪為護衛船隻，那又該如何呢？」

主席連忙安撫：「海軍史無前例地為我們打開海峽上一條通往台灣的安全之路，國家永遠不會忘記你們的貢獻的，現在海空兩路都已暢通無阻，就看陸軍如何把握時機，創造一番歷史大業。」

國土安全部長說：「容我打岔一下，大家都知道現在國內的情勢已越來越難控制，最近又被陸軍從各省抽調了大批部隊，依我看，不用說此仗許勝不許敗，更嚴重的是時間越來越少了，這兩日國內各地的示威規模越來越大，一旦爆發衝突，我擔心會無兵可用。」

陸軍司令員不屑地說：「你不要老是拿一些芝麻小事來潑大家冷水，身為炎黃子孫的一分子，當此統一的民族大業之前，自然要犧牲一點個人的利益。再有不滿者的話，你們國土安全部自己就有十萬名部隊，自己預先做未雨綢繆的滅火行動，不就可以了。更何況你有七百萬的警察和公安歸你管轄，我實在不明白你在擔心什麼？」

國土安全部長怒道：「我不相信你不知道越南已在諒山集結了三十萬大軍，一等我們攻台失利，就要來撈便宜，而緬甸在中緬邊境布下八萬軍隊，印度在藏邊也已陳兵邊界，最令人憂心的是土耳其透過哈薩克支援東土耳其斯坦的獨立運動，現已在北疆如火如荼地展開，這些你都要我派武警去鎮壓嗎？」

主席驚道：「天啊！這些事怎麼都沒有人告訴我？」

陸軍司令員說：「那有什麼大驚小怪的？等我們解放了台灣，世界各國聽到了『中國』的名號，哪一個不暗自發抖？所謂的東土耳其斯坦只不過是一萬多名騎兵所組成的叛亂組織，到時我們的大軍一到，還不是像踩死螞蟻一般的把他們消滅掉！」

國土安全部長說：「好，既然你說那些都無關緊要，那我再說一說國內的問題。自二〇二四年九月以來，中國民心已從百分之九十八的支持解放台灣，至二〇二六年一月已降到百分之七十，到二〇二七年六月九日為止，解放軍在澎湖及毛少將和彭中將相繼叛降後，支持解放台灣的人只剩下百分之三十，你們看看歷次台灣攻擊大陸本土造成損傷，老百姓不去怪罪台灣，反而加深對中國領導者的怨恨。

你們又在六月十三日在福州公開處決毛少將的全家老小，及在廣州公開處決彭中將全家，這等於是在不穩定的局勢中，再投下一枚不定時炸彈。你們難道忘了彭中將曾任兩廣的武警總司令，而毛少將則出身福建武警，你們還敢要我用武警去平亂嗎？」

國防部長岔開話題，說：「我覺得網路的問題很大，不時看到一些不當的言論在網路間散布，你難道不能想想辦法嗎？」

國土安全部長說：「我早就知道魔鬼藏在網路之後，卻抓不勝抓，網路不但可以散布謠言，更可以號召群眾，一呼百應，網路將是我們最難以對付的敵人。」

主席說：「那就把所有的網路關閉，只留政府的官網，看他們還怎麼作亂？」

國土安全部部長：「真的要這樣做嗎？那可是會引起極大的反彈。」

國防部長說：「別管那麼多了，現在是什麼時候了，你必須要拿出更強硬的手段。」

主席說：「是啦，就這麼做了。」

於是這一群人又做了一件愚蠢的事，就在七月四日那一天，他們發動了全面侵台行動與在中國大陸境內更嚴厲的戒嚴行動，包括切斷一切網路的行為，老百姓只能瀏覽政府的官網。此舉終將引發中國民眾更強烈的不滿。

第十五章　海陸空大決戰

中國在二〇一〇年代全力發展民航機事業，以供國內民間使用，二〇一〇年代末期發展出C－109噴射客機，並接了六百五十架的國內訂單，到了二〇二七年已交貨五百多架，其實這些C－109都是可以立即改為軍用運輸機，尤其可直接改為傘兵投放之用，每架可容納一百一十八名傘兵。

二〇二七年中國徵召了二百五十架C－109，再加上極力向俄羅斯購買的AN－294與AN－296軍用運輸機，使得中國可以一次載運兩個輕裝師、一個重裝師和一個戰車團進行強降作業。

另外，騎兵旅經歷被炸及被俘，尚餘兩個旅及九百架直升機。所以中國可做一次就可運輸五萬人的對台強降作業，而共軍準備了十二萬名部隊，以做三波強降攻擊之用。

海路方面，中國除了原有的軍用運輸艦之外，尚自民間徵調兩百多萬噸的貨船，可分次將一百萬人的正規部隊運上台灣的港口及沙灘。

共軍打算在七月四日發動全面入侵，並由空軍用二百五十架空優戰機，做全面性的護航，明火執杖、毫不掩飾地殺向台灣而去。

七月四日早上八點整，衡山指揮部得到報告後，指揮官：「各位，決戰的時刻到了，大家依計行事吧。」

共軍的船隊自大陸各地出發，以分進合擊，共同的針路一致——台灣中部。

但六艘中華民國的「飛魚級」潛艦早已埋伏在澎湖附近。「飛魚級」的任務是：剝去共軍船隊外部的裝甲。

另一方面，中國自各地的機場起飛了六百架運輸機及九百架直升機和八十架轟炸機，在二百五十架空優戰機的護航下，浩浩蕩蕩地向台中前來。

奇怪的是，在江西上空的中國預警機直到飛機大編隊飛近海峽中線，才偵得台灣方面有數十架戰機起飛，中國預警機人員心想：「台灣大概已經山窮水盡了。」共軍卻不知台灣這次先派出四十八架隱形戰機在海峽中線先行攔截，目標也是共軍機群的外部裝甲。

在中華民國預警機的指揮下，四十八架「隱形戰機」分成十二小隊，各自進入各小隊所負責的區域，攻擊共軍的護航機隊。經過二十分鐘的屠殺，「隱形戰機」共擊落了九十二架護航機、十三架運輸機與九架轟炸機，「隱形戰機」自身卻毫髮無傷。

接下來換台灣的七十二架星式戰機與三十六架F-16上場了，中華民國空軍故意慢慢地起飛戰機，讓共軍以為台灣沒有什麼戰機了，等到台灣的這兩批戰機全部起飛後，共軍還以為將台灣的戰機全部牽制住了，如此可讓共軍的運輸機、直升機及轟炸機一路無阻，長驅直入，這樣也算是達成任務了。

事實正好相反，共軍的護航機隊被台灣的星式戰機與F-16牽制在外圍，內部則由中華民國派出三十六架IDFP、三十六架F-5E、二十四架A-3負責對付。

A-3在翼下加裝了兩具二十㎜機砲莢艙，並在翼端掛載兩枚AIM-9，此行專為對付直升機；F-5E掛載四枚AIM-9及兩枚AIM-7麻雀中程空對空飛彈。麻雀飛彈射程六十公里，使用半主動雷達導引，彈頭威力強大，有極高的命中率，唯一的缺點是飛彈一旦發射後，發射機機首必須一直對正目標，直到飛彈到達目標為止，此役專門用來攻擊共軍的轟炸機及運輸機；IDFP翼下掛載六枚「箭四型」飛彈，此行專門用來對付共軍的直升機。

經過一個多小時的纏鬥，共軍護航機群的殘餘，眼見空戰已討不了好去，而運輸機群已開始空降作業，自己的任務算是完成，遂返頭往大陸去了。剩餘的轟炸機也草草丟下炸彈，趕著回大陸去了，但回去後卻向上級報告已大肆轟炸台灣。

總計中華民國空軍星式戰機、F－5E、IDFP、A－3等共損失四十八架，而共軍則損失了護航機一百八十架、運輸機四十一架、轟炸機二十九架和直升機四百一十架。

同一時間，在台灣海峽的另一場海戰已結束了第一階段，六艘「飛魚級」潛艦自身毫髮無傷地擊沉了共軍一艘巡洋艦、三艘驅逐艦、二十八艘巡防艦、四艘潛艦與兩艘貨輪之後，共軍的船隊等於已半裸露在浩瀚無際的大海上了。而「飛魚級」也幾乎用完了所有的魚雷，只能心有未甘地退出戰場，然後期待中華民國的第二波攻勢。

接下來是由中華民國空軍六十四架F－16各攜帶六枚「小牛飛彈」，及二十四架各掛載兩枚「雄二」飛彈的IDFP來招呼中國船隊。

再來便是中華民國的第三波攻勢，由海軍僅存的驅逐艦、巡防艦共四艘，加上三十六艘制海艇及五十艘飛彈快艇，在視距外對共軍船隊中的大型艦艇發射「疾風」、「雄三」、「雄二」等反艦飛彈。在水下更有兩艘「劍魚級」潛艦及兩艘「古皮級」潛艦，用「MK－52」和「MK－36」招呼共軍。「古皮級」新裝了四管魚雷發射管，每艘可發射四枚「MK－36」輕型魚雷。

再回到空降戰場，共軍直升機隊分成兩路，由六十架戰鬥直升機飛往清泉崗基地周邊上空盤旋警戒，以保護空降部隊能平安降落，剩下的直升機全部飛往占領無人看守的台中港，以準備接應即將到來的共軍登陸船隊。

上午十點三十分，共軍的傘兵開始在清泉崗基地上空跳傘了，忽然清泉崗基地內被遙控操作放出煙幕。

共軍從C－109及軍用運輸機上共跳下兩萬八千名傘兵，但當他們降至地面時，地面已被重重煙霧籠罩，伸手不見五指，頓時哀嚎聲此起彼落，原來中華民國工兵早已在降落地放置了經過偽裝後的障礙物。共軍登時筋折骨斷，大約有半數的人員受到輕重傷。

這次來襲的共軍傘兵本來有三萬多人，經歷空戰後剩餘二萬八千人，再經空降的損失後只剩一萬多人，這一萬多人又拖著一萬多名的傷兵。

至於強降的兵力，碰上跑道上的障礙物及中華民國工兵精心放置的詭雷，最後只有不到三分之二平安降落在清泉崗基地（但共軍在稍早的空戰中已損失了五分之一兵力）。

相較之下，前赴台中港的共軍騎兵旅可幸運多了，在空戰中損失了二千多名，剩餘六千名在台中港降落時，僅有數百人被詭雷所傷，只是他們很快便發現，台中港的一應上岸機具已不可使用。

下午兩點整，共軍船隊蜂湧進入台中港，但因機具都已被毀，只好利用大型商船上的吊掛器具將重型裝備逐個吊上岸來，而那些軍用登陸艇則被迫在港外的岸邊作搶灘式的登陸。

在從船隊取得油料後，共軍殘餘的兩百多架運兵直升機已趕回大陸，準備再載運第二梯次的人員來，當然直升機回去時也順便帶回一些傷勢較嚴重的兵員；另有兩百多架戰鬥直升機則留在台中，繼續擔任警戒的任務。

黑夜很快地來臨了，共軍的船隊今天可說是渡過了一段膽顫心驚的航程才到達台中港，百分之八十的護航船隊被擊沉、運輸船艦有百分之二十五葬身台灣海峽，他們正加快腳步吊卸裝備，「唉！今晚可有得忙了。」大家心想。

他們可真猜對了，身在台中港的共軍將要度過一個疲於奔命的夜晚。共軍的登陸部隊在從大陸出發時有三十二萬多人，如今只剩不到二十五萬人，擠在台中港排隊等著上岸。

趁著夜色的掩護，中華民國陸軍第二戰車師第一旅與第二旅的四百輛飛虎戰車，開啟熱影像儀進入到位於台中港東南方及東北方各十五公里的位置。晚上九點整，四百門戰車砲一齊對著台中港周邊的共軍發出怒吼。

台中港內共軍貨輪停泊處、港外搶灘登陸處，同時受到毀滅性的砲擊，共軍直升機更處於露天無遮蔽之地，等到共軍急命直升機起飛作反制攻擊時，已有近四十架被炸毀，共軍直升機翼下各掛載四枚「螺旋」反裝甲飛彈，怒氣沖沖地找尋目標去了，卻不知他們將陷入中華民國陸軍所布下的陷阱。

中華民國陸軍在台中港的東南方及東北方各埋伏了二十四輛防砲車，專門用來對付直升機。

「來了！大家聽我的號令！」東南方陣地的指揮官說：「開火！」過了四分鐘，東北方陣地也開火了。

共軍直升機只有配備簡易的夜戰系統，而中華民國的防砲車卻是雷達全自動的，相較之下，直升機就好比羊入虎口，不出幾個回合，直升機幾乎全軍覆沒。此役共軍直升機被擊落一百一十三架，而中華民國則有防砲車三輛及「飛虎」戰車一輛被「螺旋」反裝甲飛彈擊毀，共軍其餘的直升機全都逃到清泉崗去了。

砲擊一直持續到第二天凌晨四點整，共軍受創嚴重。天剛亮，從大陸氣急敗壞地飛來載滿燃燒彈與集束炸彈的轟炸機群。

經過一夜的砲擊，共軍登陸部隊不管是港內或灘頭、已上岸或尚在船上，總計損失約百分之三十，他們知道如果像這樣的砲擊再多持續一夜，部隊就瓦解了，所以他們迫不及待地要求空中支援。

因而天剛破曉，由二十四架殲-8所組成的轟炸機隊，在十六架殲-12的護航下，趕在凌晨五點之前飛抵台中港。可是當他們飛到台中港周邊時，卻遍尋不著中華民國砲兵的蹤跡，反而陷入四十八架星式戰機的包圍網。

共軍預料中的一次地面密接支援作業，卻變成一場空戰，空戰結束得很快，中華民國空軍以零比三十八完勝，共軍只有兩架殲－12逃回大陸。

中國中南海，陸軍司令員激動地說：「再這樣下去，我們的陸軍還沒有登陸就先折損一半了，說好的空中支援呢？」

空軍錢司令說：「誰也沒料到，台灣竟還有空軍殘餘。現在我們只有抽調駐守北京的四十八架SU－47及三十六架SU－27前去支援，一次澈底把台灣空軍鏟除。」

主席說：「也只好如此了，去吧。」

當天下午四點時，中華民國衡山指揮部：「又來了，這次來了一百多架，派出二十四架星式戰機及四十八架F－16前去攔截！」

共軍這次派出四十八架王牌戰機SU－47及三十六架SU－27，並由中美戰爭時的空戰英雄——SU－47的駕駛「高上校」率領護航三十六架殲－8前來，其主要的目的是吸引台灣空軍，一舉消滅之。

中華民國的戰機不知已碰上硬手了，在九十公里外被共機取得先機，發射了七十二枚「白楊三」飛彈，星式戰機與F－16只好拚命往前衝，以縮短敵我之距離。結果星式戰機被擊落七架，F－16被擊落十八架，回過神來的中華民國戰機立刻回以「飛箭六」及

ＡＭＲＡＡＭ，同時共軍也發射了第二波飛彈。

這一次星式戰機又折損了四架，Ｆ－16則被擊落了九架，但ＳＵ－47與ＳＵ－27則共有十一架被擊毀。接著雙方進入近距離的肉搏戰，而顯然中華民國空軍屈於下風，台灣方面立即自南部起飛二十四架星式戰機前來支援，但在支援的飛機到達之前，他們只能靠自己殺出一條血路。

星式戰機與Ｆ－16以寡敵眾，利用高超的技術與奮不顧身的精神勇往直前。

ＳＵ－47有兩具俄製發動機，每具有一百五十仟牛頓的強大推力，但星式戰機較輕巧，推力重量比反而較大，又有威力強大的「箭五型」飛彈，所以在近戰時毫不遜色。但雙方數量太懸殊了，以十三架星式戰機對抗四十幾架ＳＵ－47，頓成被圍攻的局面。雖然最後勇敢地擊落十一架ＳＵ－47和兩架ＳＵ－27，但仍難逃幾乎被全殲的命運，十三架星式戰機只有一架飛彈用盡，脫離戰場。

Ｆ－16遇上的是二十幾架ＳＵ－27與兩架ＳＵ－47，雙方可謂旗鼓相當，剎時空中充斥著美製「響尾蛇」與俄製「環礁五」的發射聲與爆炸聲。

經過激烈的交戰，雙方互有損傷，這時ＳＵ－27的領隊發現台灣的增援飛機即將飛臨，便再也無心戀戰，遂糾集殘餘的戰機飛返大陸去了，而Ｆ－16也樂得轉換目標去對付轟炸機。

三十六架殲－8正煩惱遍尋不著台灣的砲兵陣地，卻聽得F－16到來，立刻沒命似的逃回中國大陸。而與星式戰機交戰的SU－47機群的領隊「高上校」，由於他認為已取得勝利，而個人也獲得擊落兩架星式戰機的新紀錄，為維持戰果，遂帶隊返回中國大陸去了。

台中港的共軍眼見中國的空軍來援，心想今晚可以平靜了。沒想到晚上九點一到，砲擊又來了，而且比前一晚還要激烈，甚至連清泉崗基地都受到鋪天蓋地的無情砲擊。原來中華民國第二戰車師的第三、第四旅及砲兵第一、第二、第三、第四團都已加入砲擊的行列。

首先在清泉崗基地的六十架共軍殘餘直升機，大都未及起飛即已葬身火海。對共軍來說，好消息是共軍在台中港及港外沙灘上已卸下了兩個砲兵團，清泉崗基地也有一個砲兵營，於是他們馬上組織起反擊砲火。

中華民國的砲兵陣地遍布在台中港及清泉崗基地周邊綿延數十公里的範圍，共軍那杯水車薪的反砲擊就如螳臂擋車般，不到幾個小時便沉寂下來。共軍前進指揮官氣急敗壞地以無線電向北京求援：「趕快想想辦法，我們再撐也撐不到十二個小時了！」

遠在北京中南海的軍頭們，在主席堅決的一句「此仗絕不許敗」的指示下，做成了一個迅速又殘忍的決定。

台中港的共軍在第二天凌晨四點，天剛破曉時，放出六架無人機偵察中華民國砲兵陣地的位置。凌晨五點時，共軍從福建派出了一百零八架戰機，向著台灣中部飛來。

台灣立即起飛三十二架「隱形戰機」與三十六架星式戰機，用意在攔截這批共機。但在早上五點二十分，共軍又從煙台起飛了三架Tu-22M，起飛後立刻以超低空沿中國海岸線南下。

中國這次從福建派出三十二架SU-47、十六架SU-27、及六十架殲-12，其目的除了掃蕩台灣空軍殘餘之外，還有一個陰險的目的——「調虎離山」。

共機到了海峽中線時，中國預警機告知：「台灣只有三十六架戰機起飛，現正在一百一十公里前方。」

共機領隊「高上校」樂得命其它SU戰機準備各自的「白楊三」中程空對空飛彈，好在一百公里的距離發射，以一舉清除台灣空軍。但共軍很快就會知道什麼叫做「螳螂捕蟬、黃雀在後」。

這次中華民國已鐵了心，不計代價要共軍來得回不得！

正當共機在準備「白楊三」飛彈時，「隱形戰機」已神不知、鬼不覺地飛到十公里近前，一陣騷亂，已有十幾架SU戰機被擊落了，「高上校」急忙旋轉躲避，並徒勞地尋找敵蹤。

「隱形戰機」一路殺將過去，很快便擊落了四十多架各式共機，這時星式戰機已到七十公里近前，也開始發射飛彈，而剩餘的SU戰機在慌亂中也還以飛彈。

就在雙方機隊互射飛彈並加速衝刺、準備肉搏戰時，自煙台南下的Tu-22M已飛到閩浙交接處，這時三架Tu-22M忽然轉向東南飛，並加大飛行高度且開啟後燃器，很快的他們就突破音障，此一舉動立刻引起在林口上空的中華民國預警機注意。

中華民國預警機：「攔截大隊，請注意，在你們的西北方二百二十公里處，有三架轟炸機入侵，研判具有高度威脅，立刻前往攔截！」

王大隊長：「收到了。」他親率另外兩架星式戰機前往攔截。

三架星式戰機開動後燃器，輕鬆地就來到一點八馬赫，但也引起「高上校」的注意，並立刻率領同僚機追趕。

很快的，星式戰機已追截到Tu-22M，這時中華民國預警機發出警告：「截擊小隊請注意，有兩架敵機在你們後面。」

王大隊長回答：「知道了，讓我先解決轟炸機再說。」

但當星式戰機正瞄準轟炸機時，轟炸機竟已發射飛彈，一共六枚！王大隊長一驚：「天啊！先對付飛彈！」

轟炸機發射的是六枚「AS－19」超音速巡弋飛彈，王大隊長命另兩架星式戰機用「箭五」對付較近的飛彈，自己則用「飛箭六」對付已飛遠的飛彈。

兩架星式戰機共發射兩枚「箭五」飛彈，卻都擊中同一目標，星式戰機正想再發射的當下，突然「轟」、「轟」兩聲巨響，兩架星式戰機已同時被兩枚「環礁五」飛彈擊落。王大隊長剛發射完一枚「飛箭六」，顧不得發射第二枚，只有一個上翻，去為自己的生存而戰了。

王大隊長平飛之後，立即看到一架SU－47，於是對它發射了一枚「箭五」飛彈，那架SU－47一瞬間被擊中，立刻化為火球。

但王大隊長這時發現自己的後方優勢位置已讓敵機占了去，王大隊長一驚，馬上一個上翻，意圖閃避敵人的追擊，不幸的，敵人剛發射一枚「環礁五」飛彈並在他的飛機左翼旁爆炸，瞬間將左翼炸斷，王大隊長的飛機立刻螺旋下墜，SU－47的駕駛「高上校」還想趕盡殺絕，便迅速飛近。

在下墜途中王大隊長的耳機傳來嗶嗶作響，那是他飛機右翼的「箭五」飛彈的尋標器對目標的捕捉聲。他心中一凜，想起空中已無友機，遂立刻按下飛彈發射鈕，把第二架SU－47變成一團火球，自己則拉起彈射裝置，在千鈞一髮之際彈出機外。

「高上校」自二〇二二年中美戰爭以來，累計擊落美機四架，到昨天的兩岸空戰又再添兩架戰績，被封為「擊墜王」，自此心高氣傲、目中無人，以致今日輕浮燥進，竟被臨死的敵人反咬一口，落得機毀人亡。

其實自六月六日開戰以來，中華民國空軍至少有十五個飛行員，已各自擊落至少十架以上的共機。此役中華民國損失了十四架戰機，而共軍的一百零八架戰機只有六架逃出生天。

再回到戰場，三架轟炸機所發射的六枚「AS-19」超音速巡弋飛彈，兩枚已被擊毀，其餘四枚繼續朝台灣海岸接近，很快便到達苗栗後龍的檢查點，接著四枚飛彈右轉，飛向目標。

中華民國的砲兵陣地在台中港的東北方、東方、東南方，共軍巡弋飛彈的目標就是這三個砲兵陣地。共軍以東北一枚、東方一枚、東南兩枚，分襲三地。

巡弋飛彈在各陣地上空五百公尺爆成四個灼熱的火球，火球帶著高溫緩緩地擴大及下降。火球到達地面時尚有兩千度的高溫，在爆心點下方的地面半徑五百公尺範圍為重災區。

砲兵中飛虎戰車因有厚重的甲殼保護，傷亡人數約百分之二十五，但那些自走砲車和多管火箭砲車的操作人員可就慘了，有百分之九十九的傷亡，而且傷者受到輻射的直接燒傷，就算沒有當場死亡也是難以救回了。

在東南面的陣地因受到兩枚巡弋飛彈的攻擊，情況最慘，幸好三面的砲兵陣地綿延數十公里，飛彈只能擊中部分地區，所以三面總共約死傷百分之四十。

王大隊長在五十分鐘後被中華民國拉法葉巡防艦「康定號」上的直升機救起，他被告知陸軍剛被共軍的四枚核彈爆擊，心中懊悔不已。

在衡山指揮部，總統說：「他們竟敢使用核子武器，我們應作出什回應？」

指揮官強硬地說：「當然是還擊他們四枚或六枚核子彈！」

總統說：「這恐怕不妥吧，可能會引起全面的核子戰爭。」

楊中將說：「一味的姑息，只會引來更多的侵略，據情報所知，他們已把僅剩的兩枚三百五十萬噸的『東風-41』移到漢口，而且漢口也是他們的飛機重鎮。我們不如用一枚核彈攻擊煙台，那裡有三十架轟-7，另一枚核彈攻擊漢口，這樣可以使他們收斂一點。我們可讓核彈在目標上空一千公尺處爆炸，這樣可以防止傷害擴大。」

總統考慮了一分鐘後，說：「好吧！」

台灣的反擊來了，當天七月六日早上十點整，鯨魚四號浮到海面下二十五公尺處，向西與向北各發射一枚隱形巡弋飛彈，發射後五秒，飛彈在雷達中消失。

同一時間在北京中南海，主席說：「我們大家可以為勝利乾杯了。」

國防部長說：「我估計台灣陸軍在這一次的攻擊中至少損失三分之一的兵力。哼！誰叫他們把戰車拿來當砲兵用，正好讓我們逮個正著。」

陸軍司令員說：「我們要趁現在發動攻勢，還有，要請海軍和空軍多運一些人過去。」

空軍司令員與海軍司令員同時應允。會議就在一片歡樂的氣氛中進行。

上午十點二十五分，一名軍官神色慌張地跑進會議室，遞給國防部長一張紙條。國防部長看完後臉色大變：「什麼？煙台與漢口被核攻？兩地的連絡中斷？」與會眾人驚訝地說不出話來。

過了五分鐘，二砲司令員打破沉默，首先開口：「真奇怪，我們上個月才將最後的兩枚『東風-41』移防到漢口，他們怎麼會知道？」

國土安全部長說：「這移防的情報連我都不知道，他們可能只是碰巧。我們還是趕緊解決目前的戰事要緊。」

陸軍司令員說：「還是那句老話，我們在台灣已有將近二十萬的部隊，只要找一個他們最弱的缺口，突破它，再向北推進一百五十公里，戰事就結束了。」

主席疲憊地說：「快去辦吧。」

中國在福建加緊裝運五個戰車旅，預定七月七日連同三個野戰師運到台中港。而在接下來的兩日內，更有十二萬名部隊啟運。

台中港的共軍已決定在七月七日凌晨發動攻勢，經過激烈的爭執後，他們決定從台中港東南方發動攻擊，以免遭到腹背受敵的困境。

台中港東南方，中華民國砲兵陣地，王營長剛渡過濁水溪便十萬火急地趕來支援。他帶領的是教導戰車第一團的一個加強營，共有二十三輛M1A2、十六輛M2、二十八輛雲豹裝甲車，並有十一輛未受損的飛虎戰車劃入王營長的指揮之下。

七月七日上午六點整，共軍以九十一輛主力戰車、八十六輛裝甲車為首，領著八萬多名步兵，向著中華民國的砲兵陣地蜂湧而來。而清泉崗的共軍則聚集了七十九輛中型戰車與八架僅剩的直升機和一萬多名步兵，由北方包抄過來。

在共軍的想法，中華民國的砲兵陣地既受核攻，必然失去百分之九十五以上的戰力，沒想到事實大出所料，在東北方及東方陣地都還有百分之六十的戰力，而且都是同仇敵愾，等著與共軍決一死戰。

共軍一開始行動，出乎意料之外地立刻受到東北及東方砲兵陣地的猛烈砲擊。

而在東南陣地，大夥兒一聽到共軍來襲，無不繃緊神經，面露喜色，準備好好的大幹一場。

共軍的八架虎二型戰鬥直升機一飛離清崗基地，馬上迎面對上了中華民國的二十四架

ＡＨ－64阿帕契戰鬥直升機，很快的，中華民國以一架的代價全殲八架共軍直升機。

中華民國的二十三架ＡＨ－64繼續往前飛，直接衝入清泉崗基地的共軍上空，用「地獄火」飛彈專門對付裝甲車輛。

同一時間，台中港周邊的共軍部隊也遇上了二十八架中華民國的ＡＨ－1Ｓ眼鏡蛇攻擊直升機與十二架ＯＨ－66奇歐瓦斥候直升機，另外，中華民國又派了三十六架ＵＨ－60黑鷹多用途直升機，外掛二點五吋火箭，並載運一個營的步兵，到台中港東南的中華民國陣地卸下人員後，迅速飛往西北加入戰局。

直升機的戰事很快便結束了，清泉崗的ＡＨ－64被擊落四架，換得共軍被擊毀五十二輛戰車，並造成四百多名共軍傷亡，而在台中港周邊則有九架ＡＨ－1Ｓ、四架ＯＨ－66及十二架ＵＨ－60殞落，而共軍則有六十六輛戰車、裝甲車被擊爆，及二千多名共軍傷亡。

上午六點三十分，台中港來的共軍部隊與東南陣地的中華民國陸軍正面交鋒了。「人海戰術」一直是近八十年來共軍奉為圭臬的神主牌，也是共軍唯一的得意技，時至二〇二七年共軍第一場地面遭遇戰，所用的仍是「人海戰術」。

經過數十年來的硬體進化，中華民國陸軍用的是以「火海」對決食古不化的「人海」

戰術。

中華民國自二〇二〇年以來，對加強步兵的火力不遺餘力，例如在雲豹裝甲車上，除了改良原有的四十㎜槍榴彈發射器外，並在車上加裝一挺十二點七㎜六管蓋特林機槍，射速每分鐘三千二百發，且加厚了前裝甲。在步兵方面，則重視單兵的火力及防護力。

再回到戰場，共軍放出的無人機，偵察到東南陣地的中華民國部隊只有不到兩千人，心想己方的大軍一到，還不是手到擒來。但沒料到一交上火，己方損失一千多名，仍未能撼動陣地分毫。共軍眼見久攻不下，己方的損傷卻越來越多，又一直受到中華民國另兩個陣地的砲擊，只好暫時退回台中港。

而清泉崗的共軍則被趕回清泉崗基地，共軍打算等第二波援軍登陸後，再一起發動攻擊。

共軍的第二波援軍在三個小時後登陸，經過中華民國海軍的洗禮後仍有百分之八十到達台中港，中華民國空軍則未予攔截，因為他們有更重要的任務。

正午十二點整，福建的福州與馬尾被中華民國的隱形戰機投下三十六枚「青雲凝爆彈」，汕頭則被IDFP餉以四十八枚「萬劍彈」，四十八架的F-16則分赴平潭、珠海投下九十六枚AGM-154集束炸彈，各機全部達成任務，安全返航。

擁擠在碼頭等著上船的共軍、列隊在直升機停機坪等候的騎兵、整齊坐在機場草地上等著飛機的傘兵，全在一瞬間被大火吞蝕，共軍總共傷亡十一萬多人。想要再次渡海，需要再等最少一個月以上。

另一方面，在台中港這邊的共軍，又新增了六萬多名生力軍，但對共軍來說，壞消息是短時間內不會再有援軍到來，但共軍因新增的六萬大軍而士氣大振，他們決定七月九日凌晨發動總攻擊。

共軍以為只有他們獲得增援，殊不知中華民國陸軍在三十六小時之內已大力增援三個陣地的規模，計有第一戰車師、第三野戰師、第五四〇裝步旅與第二六二戰車旅，各部隊已在七月八日晚間進入各陣地。

中華民國陸軍自有盤算，為免再受核攻，故將飛虎戰車分散布署於東北與東方陣地，做為砲兵使用，並可隨時支援東南陣地。東南陣地則只增援一個戰車旅、一個裝步旅和一個野戰師。那就是說，中華民國打算以二萬多的兵力與共軍的二十多萬名部隊正面交鋒。但中華民國陸軍還有兩個步兵師在南投待命中，並且著名的蘭陽師正經中部橫貫公路在集結中。況且還有空軍可隨時做密接支援，陸軍這次可說是考慮周到。

共軍偵察到對面的敵人只有不到三萬人，真是大喜若狂，心想只要一鼓作氣，壓都壓垮他們了。

共軍的陣容有：戰車二百六十輛、各式裝甲車二百三十輛、兵員二十三萬人，並自認為可招來空軍支援。

共軍打算七月九日早上六點整發動總攻擊，沒想到在早上五點中華民國的一千三百輛飛虎戰車卻率先開火了，充滿怒意的砲彈如雨點般落在台中港與清泉崗的共軍頭上。

鋪天蓋地的砲擊，澈底打亂了共軍的計畫，他們只好提前於五點三十分發動總攻擊，因為共軍認為如果他們攻入敵陣，砲擊自然會停止，可惜天不從人願。

這一次面對西北方來的攻擊，中華民國布下了一個戰車旅、一個裝步旅與一個野戰師；在北面則是王營長所率領的加強戰車營與新增的六十四輛雲豹裝甲車，用來對付從清泉崗湧來的一萬多人及所剩無幾的共軍戰車。

共軍碰上好整以暇、以逸待勞的中華民國陸軍，直如遇上了一塊燒紅了的大鐵板，共軍不斷地衝鋒，前仆後繼卻無法撼動鐵板分毫，只有不斷地增加共軍的死傷。眼見情勢越來越不利，共軍指揮官以無線電急向北京求援。

中國立刻派出三十架轟炸機及三十六架護航機急匆匆地趕來。

在中南海，陸軍司令員說：「這樣我還是不放心，我們已轟炸兩次而無寸功。」

空軍錢司令說：「別擔心，我馬上下令執行『備胎計畫』。」

另一方面在衡山指揮部，眾人正忙著指揮所屬部隊應戰，空軍司令說：「派四個中隊前去迎戰，兩架預警機都起飛，給我留意中國沿岸，仔細搜索，別讓一隻耗子溜過來。」

中國自六月初以來，傾全力趕工，也只能造出一百架殲－12與殲－11。而同一時期，台灣也造出了二十四架星式戰機，更有甚者，七月一日從西岸聯盟到來的貨輪，載來了三十六架F－16D，及替換用的F－100噴射引擎三十具，所以中華民國在戰機的補充作業猶比共軍略勝一籌。

再回到台灣海峽，共軍機群一飛到距台中港尚有六十公里時，即被「飛箭六」擊落二十四架，飛到二十五公里時，又被擊落十八架。局勢至此，再也沒有共機敢繼續向前飛，紛紛向後逃回中國大陸。

接著從中國大陸傳出一道命令：「執行『備胎計畫』。」

深圳機場共有十六架Tu－22M藏於其間，平常不為人所知，這也是中國最後的十六架Tu－22M，接到命令後立刻緊急起飛，起飛後立即以超音速向台中飛去。

共機一起飛，馬上被中華民國的預警機偵知：「攔截大隊請注意，西南西方三百公里處有十六架『逆火式』以超音速來襲，研判極具威脅性，立即抽調一個中隊戰機前去攔截，務必在他們發射飛彈之前將其擊落！」

王大隊長：「知道了。」

王大隊長已從隊上接收了另一架全新的星式戰機，他接令後立即率領共十二架星式戰機，十萬火急地前往攔截敵機。

五分鐘後，王大隊長下令：「敵機已在九十公里外，立刻自由攻擊！」

王大隊長的中隊一連發射兩波飛彈攻擊敵機，共擊落十架，剩餘六架敵機已到二十五公里外，王大隊長正待下令發射飛彈時，卻見六架敵機已開始發射飛彈。Ｔｕ－22Ｍ用機腹內的旋轉式發射架快速地將每機四枚、共二十四枚「ＡＳ－21」巡弋飛彈發射出去。

王大隊長心想：「糟了，這次可不能再重蹈覆轍了。」立即下令：「全體迴轉，立刻追擊巡弋飛彈，別管轟炸機了！」

十二架星式戰機迴轉後，發射了十二枚「箭五」飛彈，卻只來得及擊毀六枚巡弋飛彈，王大隊長下令用「飛箭六」，機隊連續發射了各兩枚共二十四枚「飛箭六」，又再擊落十二枚巡弋飛彈後，硬是眼睜睜看著餘下的六枚巡弋飛彈以超低空擊入中華民國在台中港的東南與東方陣地，「幸好不是核彈！」王大隊長的心臟差點從口中跳了出來。

六枚巡弋飛彈只造成陣地極輕微的傷亡，中華民國攻擊共軍的砲擊未見稍斂，共軍指揮官急電中南海再次求援。

六架Ｔｕ－22Ｍ降落在香港啟德機場，飛機迅速停入機堡，他們在等待重要的物資運來，但這一切都看在中華民國衛星的眼裡。

衡山指揮部，陸軍司令說：「現在一切都按照計畫進行中，只怕他們又來一次核攻。」

空軍司令說：「他們好像有此打算，我們只好來個『斬草除根』！」

當晚十點整，共軍突然如退潮般的縮回台中港與清泉崗基地。

七月十日凌晨二點整，八架具有夜戰功能的F-16從佳山基地起飛，四架用來護航，另四架則掛滿機堡穿透彈，無聲無息地朝香港飛去。

凌晨二點二十五分，啟德機場的機堡受到十六枚機堡穿透彈的重覆攻擊，六個停放Tu-22M的機堡及一個用來存放剛從中國運來的重要物資的機堡，全部被炸成廢墟。

共軍以為把Tu-22M停放在香港，台灣必不敢核報復，想不到台灣竟用外科手術的方式將六架Tu-22M及十二枚剛運到啟德機場的戰術核彈，一舉清除殆盡。

在台中港東南陣地的中華民國軍隊已準備反攻了，所有的增援部隊都已到達，面對台中港的共軍，中華民國軍隊的陣容是：一個戰車旅、一個裝步旅、三個野戰師和整個蘭陽師，總數合計約九萬人。

面對清泉崗基地的共軍，中華民國的陣容是：一個加強戰車營、兩個裝步旅和兩個步兵師，人數合計約四萬人。

七月十日早上七點，先由北面面對清泉崗基地的中華民國陸軍發動攻勢，以四萬之眾對敵一萬之數，更何況中華民國部隊還有一千多輛飛虎戰車做為砲兵支援，讓共軍也嚐嚐

「人海戰術」的滋味。

在共軍的教科書上從未提起若碰到「敵眾我寡」時，該當如何？所以當世界上擁有最多陸軍的中國部隊碰上以眾凌寡的戰事，而自己卻又是居於劣勢的一方，那這場戰爭只有一種結局。

上午九點三十分，王營長用他的主砲擊爆共軍的最後一輛負嵎頑抗的T－72時，清泉崗基地的共軍就投降了。

王營長帶領自己的加強營，跟著兩個裝步旅，馬不停蹄地穿越清泉崗，直朝東北陣地而去。

正午十二點整，東北陣地又聚集了一個飛虎戰車師及新加入兩個重裝步兵師，至此，東北陣地也集合了五萬名中華民國部隊與東南陣地的九萬名，這兩個陣地的部隊就像兩把利刃，切斷了台中港的共軍退路。

下午一點整，中華民國空軍七十二架F－16滿掛集束炸彈，從六千公尺的高空投下，因為F－16是在共軍手提防空飛彈及車載防砲力所不能及的高空，所以F－16悠然自得地投下集束炸彈後離開戰場。

接下來是三十六架IDFP帶著中華民國自製的「精靈炸彈」，用雷射尋標器，一個個瞄準投彈。

再來是五十架F－5E及A－3低空快速掠過，投下共一百枚汽油彈，瞬時台中港周邊變成一片火焰煉獄。

最後由AH－64、AH－1、OH－66、UH－60共一百二十架所組成的機隊，衝入戰場大肆搜尋有價值的目標，予以殲滅。尤以UH－60兩邊側翼各裝有一挺十二點七㎜六管蓋特林機槍來回掃射，最能對共軍造成損害。

一個多小時後，空中攻擊結束了，中華民國派出多架無人機在台中港周邊上空，反覆仔細偵察，發現下方地面一片淒慘的景象，共軍已再無作戰能力，人員傷亡近半，看來再一次的空中攻擊已無必要了。

中華民國在東北與東南陣地的部隊向著共軍挺進五公里，並於下午四點對共軍派出招降代表。

在北京中南海，陸軍司令員氣憤地說：「在犧牲了一百萬名部隊之後，難道我們就這樣舉手投降？」

國防部長說：「絕不！我們絕不能投降，我們還有百萬部隊，我們也還有二砲，不是嗎？」

二砲司令員說：「我們還有八十五枚傳統彈道飛彈，更有三十二枚十五萬至五十萬噸的核子飛彈，那足可把台灣毀滅五次。更何況，我們在瀋陽的工廠下週就可製造出兩枚各一百五十萬噸的核彈頭。」

國防部長說：「那你還不趕快列一份計畫書，來讓我們把台灣化為焦土，以洩心頭之恨！」

國土安全部鄭部長急著說：「你們難道都沒有考慮過後果嗎？據台灣自己說，他們擁有兩百枚核彈頭，我們不先三思而後行嗎？」

二砲司令員說：「那全是台灣自己在吹噓，這樣的笑話，也只有你會相信。」

國土安全部長反駁：「你難道忘了當初美國是怎麼敗的嗎？」

國防部長說：「美國當然是我們打敗的，你只會潑我們冷水，管好你分內的事，不要再插嘴了。」

主席說：「好了，就這樣決定了。鄭部長，你多處理一下部裡的事，以後開會你就不用來了。現在來說說二砲有什麼計畫？」

二砲司令員說：「根據情報，台中港東北有七萬台軍、東南有十萬台軍，而清泉崗基地有三萬台軍，我們可以用六枚各十五萬噸的核彈攻擊這三個陣地，一次把二十萬台軍消滅，順便把八千名降軍一併清除。」

國防部長問：「萬一我們的飛彈被攔截，怎麼辦？」

二砲司令員回答：「你不用擔心，我們可以用兩倍的傳統飛彈一起發射，到時看他們怎麼同時攔截十八顆飛彈？」

陸軍司令員拍手叫好：「太好了，一次解決二十萬台軍，台灣就再也沒有陸軍了，我立刻連絡在台中港的指揮官，讓他告訴台灣的招降代表，要台軍等到明早七點，再給答覆。而我們就在明早六點發動攻擊。」

主席說：「我們等於已為台軍敲響喪鐘了，哈哈！」

在眾人的哈哈聲中，只有鄭部長心知這些人剛為他們自己簽下一道催命符。

鄭部長是在晚上七點三十分離開委員會議的，心中猶自憤恨不平，自己竟然就這樣被踢出中央委員會。但轉念一想，這樣也好，自己正想不出理由離開，他可不想跟這一群好戰分子一起送死。現在他必須盡快離開北京，但在那之前，他還有一件事要做。

晚上十點整，衡山指揮部，總統問楊中將：「你說有十萬火急的事要報告，是什麼事？」

楊中將說：「最新情報顯示，共軍將在明天早上六點，以核子彈道飛彈攻擊我們在台中港的陣地，共有十八枚之多。」

總統大聲驚呼：「天啊！他們怎麼都學不乖呢？難道都不怕我們還擊嗎？」

楊中將說：「現在要先應付眼前的危機再說，我們要先派僅存的四艘反導彈艦前往台中外海待命，另外要調整陣地的防禦態勢，只要讓我們撐過了這一波，一定要給阿共仔好看！」

參謀總長說：「現在還有幾個小時的時間，大家看有什麼可做的？」

一夥人整夜在衡山指揮部研議，很快的，天亮了。而中華民國的四艘戰艦則早已趁著夜色，進入台中外海的定位。

七月十一日早上六點整，從福建的武夷山及廣東的蛇口射出十八枚飛彈，兩分鐘後，台灣的玉山也噴出四道火光，台灣接收到衛星傳來的共軍飛彈發射地的座標後，立刻向這兩地發射了共四枚隱形巡弋飛彈，內裝九十六枚次彈頭。

台中，位於中華民國飛彈防禦最弱的區塊，反飛彈只有一組「愛國者P3」及一套「弓四」飛彈，勉強可以搆得到，而光束砲則只有阿里山上的兩組是在發射範圍內。

十八枚彈道飛彈在發射後，先筆直向上衝至最高點，這時已被台灣的預警電達所捕捉，飛彈經過短暫的朝東飛行，轉而向東及向下俯衝，此時已進入SM2及海弓三的攔截範圍。

「發射！」「再發射！」的聲音在「花蓮號」艦上不斷地響起，在三十秒內，「花蓮號」等四艦共發射了十六枚攔截飛彈，並擊毀了五枚來襲的彈道飛彈，到了「愛國者P3」

及「弓四」飛彈時，又擊落了三枚，這時光束砲開火了，光束砲在彈道飛彈距地面六至十公里處，一連發射了八砲，擊落七枚。

剩下三枚彈道飛彈，一枚朝東南陣地，第二、第三枚朝清泉崗基地而去。第一枚直落地面爆炸，是傳統彈頭！第二枚也是直落地面爆炸，也是傳統彈頭。第三枚卻在清泉崗基地上空三千公尺處爆炸，是一枚十五萬噸黃色炸藥當量的核彈！

在稍早七月十日深夜，中華民國已將陣地內的步兵全數疏散，清泉崗基地則換上兩個飛虎戰車團和一個裝步團看守。彈道飛彈攻擊時，所有的中華民國人員都躲入裝甲車輛內，核彈在三千公尺上空爆成一團火球，火球慢慢下降及增大，火球到達地面時，尚有三千度以上的高溫，火球過後，尚有二次爆風，席捲曝露在地表的所有生命。

十五萬噸的核彈，威力實在太大了，連身處在裝甲車輛中的中華民國部隊也有百分之七十的死傷，更惶論那八千多名共軍俘虜，簡直是屍骨無存。

七月十一日早上七點整，招降代表依約到達，台中港的共軍指揮官輕蔑地說：「如果你是來談你們投降事宜的話，那麼現在可以開始談了。」

招降代表說：「這就是你的回答嗎？」「是的。」「我知道了，再見。」

早上八點整，瀋陽被一枚六十萬噸的核彈夷為平地。

早上九點整，中華民國空軍又對台中港周邊進行了第二波攻擊。

早上十點整，「虎」緊急傳送加密電郵給楊中將一份重要情報，楊中將馬上把這份「虎」在十分鐘前才獲得的情報內容在衡山指揮部提出。三十分鐘後，大家已做成結論。

一個半小時後，在台灣各地冒出數十道火光，「隱形巡弋飛彈」朝著各自的目標飛奔而去。

原來「虎」給楊中將的情報是共軍現有二十六枚核子彈道飛彈及其中的二十四枚的所在地。經過衡山指揮部用衛星反覆地確認與定位，以三十六枚「隱形巡弋飛彈」攻擊這六個飛彈基地，順利除去這六個飛彈基地的二十四枚核子彈道飛彈。

衡山指揮部，指揮官說：「現在他們還剩下兩枚核彈，我們的飛彈防禦中心只好二十四小時戒備，但不知要到什麼時候才能了結？」

楊中將說：「這樣不是辦法，等哪一天我們鬆懈了，或他們的領導人哪一根筋不對頭了，給我們來那麼個兩下，就令人頭痛了。我覺得應該對他們施點壓力，逼他們快點把那兩枚核彈射出來，大家做個了結。」

指揮官說：「那是不是太冒險了？」

楊中將說：「該來的總是要來的。」

指揮官沉吟了一會兒說：「好吧。」

一般核彈，分為：一、單級反應分裂彈頭，即「戰術核彈」，其威力通常為數千噸至三萬噸之間；二、二級以上反應融合彈（氫彈），即為「戰略核彈」，其威力為數十萬噸至千萬噸之間。中國自二〇二二年中美戰爭以來，核子工業已大部分被破壞，如今又歷經台海戰爭，只剩下兩枚戰略核彈與數十枚戰術核彈，短期之內無法再行補充。

三十分鐘後，中華民國公開聲明：「在七十二小時後，將以一枚四百萬噸核彈攻擊北京，請居民立刻疏散。」

此公告一出，驚慌的北京百姓立刻湧現大批的逃難潮。

北京的中南海，主席做出總結：「既然我們已被逼到了牆角，那我們就給他們來個一鍋熟！」

七月十三日上午十點整，兩枚各五十萬噸的核子彈道飛彈在六十六枚傳統彈道飛彈的簇擁下，朝著台北急奔而來，它們的設定目標一致為——台北一〇一大樓！

台北的飛彈防禦網可比台中強太多了，有三座「愛國者P3」反彈道飛彈、三座「弓四」反彈道飛彈，台北又身處於三座光束砲的掩護範圍內，而四艘飛彈艦又已在桃園至淡水一線外海，布下第一道飛彈攔截線，若遇上強大的EMP干擾或碰到敵人的飽和攻擊時，還有最後一道防線：「耐EMP反彈道飛彈系統」STAGE-1及STAGE-2。

六十八枚彈道飛彈，經過第一層艦射防空飛彈的猛烈攻擊後，被擊落十一枚。再來進入地面防空飛彈與STAGE-1的攔截範圍，再被擊落二十一枚，餘下三十六枚就衝入光束砲與STAGE-2的守備範圍。

接下來換光束砲猛烈地開火了，然後STAGE-2也發射了，結果共擊毀三十五枚，剩下的一枚竟與一〇一大樓擦身而過，直墜路面爆炸，是一枚傳統彈道飛彈。好險，台灣又躲過一劫！

另一方面，在七月十二日及十三日，中華民國空軍又對台中港的共軍進行了兩波攻擊。七月十四日，中華民國的部隊受命緊縮包圍圈。

衡山指揮部，總統說：「攻擊北京是不是會造成北京百姓太多的傷亡？」

楊中將說：「我們已在七月十一日預告將攻擊北京了，相信已有部分百姓已逃離北京，而且我們可以在中南海用觸地引信，如此既可減少傷亡，也可將中南海連根拔除。」

總統下定決心，說：「就這麼辦。」

這一次的戰事，台灣能打到今日的結果，全仗中華民國的戰略正確，中華民國空軍一直恪守著「保存防空實力」的最高指導原則，每次空軍都不貪戀戰果，也不強求全殲敵人的海軍。明知如放過共軍的海軍通過台灣海峽，必然會招致共軍登陸，打破共軍八十年來從未踏上台灣本島的先例，但為了保存空軍的戰力，以做日後展開決戰與反擊之用，同時也對中華民國陸軍有絕對的信心，所以並沒有在制海作戰實力盡全力，此作法使日後可以保護陸軍不慮敵人的空襲。

但這「戰略」卻引發了中華民國百姓的恐慌，幸好政府大力地安撫百姓，且在共軍登陸台灣本島的四日內迅速收復新竹基地及東港、林邊、佳冬、枋寮等四個灘頭，老百姓才逐漸恢復對政府的信心。

在戰爭初期，「后羿火箭」曾造成台灣民眾一萬餘人的傷亡，但是政府迅速採取應變措施，加上從「新領土」來的二十萬醫護消防人員的投入，使得災情立刻被控制住，也使得老百姓立即增加信心，到後來戰爭中所引致的小規模傷亡，民眾已不再驚慌失措，而是相信政府必能打勝這場戰爭，捍衛自由民主。

第十六章　核報復

「核報復」的行動，最困難的是在做決定，一旦做了決定，執行起來卻是再簡單不過了。

二〇二七年七月十五日夜晚，鯨魚一號正巡弋在東海水下，忽然從艦上的極密通信網傳來一道緊急命令。經過密碼確認後，密令被送到艦長面前。艦長看完後下令：「一號戰備狀態！全艦靜音，準備上浮至二十五公尺深度。」

七月十五日晚上十一點整，鯨魚一號從舟山群島東北兩百五十公里處就定位，「發射！」一聲令下，立刻從艦背的C-12發射管，用蒸氣向上推出一個圓柱形物體，突破海面直入空中。

圓柱體進入空中後，隨即爆射出一枚飛彈，飛彈立即點燃加力火箭，急速升空，三秒鐘後，飛彈向西北方俯了一俯，隨即點燃衝壓引擎，持續加速，十秒鐘後，飛彈已來到二點零馬赫，這時飛彈早已從雷達中消失，飛彈繼續加速。

飛彈接著以五千公尺的高度及五點五馬赫的終端速度再飛行六百五十公里，這時從飛彈背脊的唯一一個電遮蔽包絡線缺口接收衛星控制，得知目標已近了，便開始俯衝。

中南海在寂靜的深夜裡，毫無預警地被一枚巡弋飛彈觸地爆擊，隨即引發彈頭內的一次三級反應，三十八公斤的高純度「X－5」金屬造成相當於四百萬噸的黃色炸藥爆發，爆發的威力以熱能散發出來。

中南海的中央委員會地下碉堡位於地下四十五層樓深，想必可以抵擋三百萬噸核彈的直擊，所以各軍頭們身處於這座地下碉堡，都覺得很安全。

核彈在中南海的中心爆炸，造成一個深一百三十公尺、方圓兩公里的大坑，身處於地下碉堡中的人，就算不被炸死也會被數千噸崩塌的水泥塊給活埋。

台中港的共軍得知北京被炸的消息後，又因其指揮官已戰死，副指揮官立刻不戰而降，結束了一個多月的台海戰爭。

北京遭受這一史無前例的核攻，核彈爆炸後形成一股爆震波，而朝地下方向的震波又被反彈回來，加入向上及向四方的震波。

強大的震波無堅不摧，爆炸以中南海為中心向外擴散，最初五公里範圍內的建物立成臼粉，死亡率達百分之百；再來的二十公里範圍內，建物全部倒塌，死亡率達百分之七十。很不幸的，北京三大地標：故宮、人民大會堂和天安門廣場皆在其中，爆震波直到三十公里外，殺傷力才減弱。至於數分鐘後才起的正反兩道爆風，其所經之處，幾已無物可傷。

北京這次共死傷一百八十萬人，倘若這次核爆改以空爆的模式，其死傷人數將三倍於此。

鯨魚一號所發射的「隱形巡弋飛彈」來得無聲無息，也無影無踪，身處地下碉堡的中國中央委員們自以為安全無慮，殊不知核彈當頭落下，將他們與中南海一同葬入黃土。

北京被毀，預告著世界第一大強權的崩解，但世人並不知道，它的後遺症將折磨世人數十年之久。

第十七章　核戰後

中國共產黨的崩解，意味著世上突然少了一個核子強權，卻又在世上多了一塊肥肉，人人爭而食之。

首先是土耳其為報復五年前被中國人核攻之仇，自二〇二七年六月起，透過前蘇聯加盟國公開支持新疆獨立組織的活動，自七月十六日獲知中國已「退出」擁核俱樂部後，就決定直接派兵，於是中國的西陲由單純的內亂變成外患。

在中國北方，俄羅斯已在黑龍江和烏蘇里江的彼岸，集結了十二個裝步師，隔江遙對璦琿、呼瑪施壓。

在中國東方，北朝鮮聚集了三十萬部隊，隔鴨綠江，對河彼岸的丹東虎視眈眈。

在中國南方，隔著廣西，越南聚集了三十萬部隊，其目的不言可喻；往西走大約五百公里，緬甸已將八萬部隊開入中緬三不管地帶，接下來的目標顯然是越過瀾滄大橋，入侵中國雲南。

再往西一千多公里，印度陳兵十五萬，催促西藏流亡政府盡速返回西藏，趁機獨立。印度的目的不在入侵中國，而是希冀在中印之間建立一個緩衝國，如此印度便可完全據有與中國爭奪了跨世紀的「喀什米爾」。

中國國土安全部鄭部長站在他位於南京的第二辦公室，也是目前國土安全部的臨時總部，他身後的文案上堆滿了從各地來的急報。鄭部長是中國七名中央委員會中唯一倖存的人，他也是中國目前資歷最深且最有實力的人，此時他直接領導全中國七百五十萬的武警與公安部隊，想要叛亂的人得先經過他這一關。

鄭部長回頭望一望桌上另一疊紅色的文件，那是對東、南、西、北、滇邊、藏邊的情勢分析。唉！真是「龍困淺灘遭蝦戲、虎落平陽被犬欺」，除了俄羅斯之外，其餘五國都是平常只要中國跺一下腳，他們就嚇得只有瑟縮在牆角發抖的分而已，今日趁著中國內亂時，竟以為這是瓜分中國的好機會。

「哼，危機就是轉機！」鄭部長靈機一動，下定了決心，要一次解決兩個大危機。

第二天全國的武警與公安都接到一道命令，命他們向各地倡議獨立的團體傳達中央的訊息：

一、自即日起特赦一切叛亂罪行，既往不咎。

二、現在國家正處於生死存亡之際，全國同胞應團結一致，共同抵抗外敵。

三、戰事結束後，中央願給地方最大的自治權。

四、中央答應立刻重啟「泉州慘案」的調查。

果然指令布達的三天後，全國各地的獨立聲浪立歇，連藏獨也表示願意與中央談判，唯有疆獨因獲得世界維吾爾族大會的支持及土耳其在後面撐腰，不但不停止叛亂的行動，反而更加緊對漢人百姓的迫害，這也引致了中央日後平亂的順序。

但抵禦外敵不能光靠動嘴皮子，鄭部長需要的是一支驍勇善戰的軍隊。中國現有一百多萬正規部隊，卻分散在全中國三十多地區，要到哪裡去找這支部隊呢？鄭部長心中還有另一個煩惱，那就是他所指揮之下的武警心中一直有一個痛……，他忽然心中靈光一現，也許兩個煩惱可以一次解決，鄭部長立即打了一則加密電郵。

七月三十一日，高雄左營海軍陸戰隊總部，楊中將看完「虎」帶來的密件，面露微笑說：「也虧他想得出，不過這確實是一舉數得的好方法。好吧，我去跟總司令說。」

原來鄭部長一直祕密地跟「虎」進行電郵連絡，從中國的飛彈基地及飛彈製造廠的所在地，還有核彈攻台計畫，都是由鄭部長以加密電郵告訴「虎」。鄭部長並不是間諜，他只是不忍見中國被一群好戰瘋子帶向滅亡。

二〇一二年「中國龍」交棒時，特別引介「台灣虎」，若有技術性的情報，可直接與鄭部長連繫。二〇一三年當「台灣虎」把反制日本生物戰的要訣告知「中國龍」和鄭部長時，鄭部長對「台灣虎」佩服得五體投地，自此與「台灣虎」連手消滅日寇、打擊美帝至今。二〇二二年鄭部長由「中國龍」處得知，中國最後一艘「黃帝級」潛艦是被台灣擊沉的，心中對台灣更加敬畏。

再回到台灣，八月二日，有人來到集中營同時會見彭中將及毛少將兩人，由於台中港的共軍指揮官已戰死，所以他二人已是共軍降將中軍階最高者。來人竟然提供他們一個回中國抵禦外侮的機會，對已經不抱任何希望的人來說，這簡直是從天上掉下來的驚喜，兩人自然一口答應，並在心中發誓，就算是馬革裹屍、戰死沙場亦在所不惜。

一個多月內在澎湖迅速消滅了八萬多名共軍，他們的裝備與運輸船隻可是分毫未損，另外在台中港也遺留了大批共軍的船隻，這兩批船隻共可載運十四萬兵員及裝備。

中華民國就在八月四日和五日，兩日之內將二十一萬共軍以船運及三百架次的大型飛機運回福建。從此以後，中華民國可以專心致力於戰後重建的工作。

八月五日，為了迎接彭中將及毛少將的歸來，鄭部長下令逮捕南京軍區白司令，此舉大獲閩、浙、粵人心，白司令除了一手主導「泉州慘案」之外，更曾公開處決彭中將及毛少將的家人，並以高壓血腥手段對付倡議獨立的人士。白司令的被捕，正好除去了現今全國方興未艾的團結對外運動的一大阻礙，這使中國暫時免於分裂的危機。

中國有五千年文化和十三億人口，任何國家都無法把它消滅，趁著中國內亂，現在有六個國家想要瓜分中國，可能會造成中國數十年的動亂，億萬百姓流離失所，屆時中國人歸根究底，會將無盡的仇恨指向台灣。

所以中華民國的立場是對於在身邊的惡鄰，希望它能從內部改變，而不願它再受外敵侵略。中華民國除了不能派兵之外，最高當局也訓令楊中將與中國的祕密管道繼續連絡，盡我方所能予以協助。

八月六日深夜，鄭部長正以加密電郵和「台灣虎」通信：「真不知你是怎麼樣辦到的，總而言之，非常感謝。」

「台灣虎」：「彼此彼此，客氣話就不用多說了，還有什麼事是我幫得上忙的嗎？」

鄭部長：「關於六國侵邊之事，如何應付？可以請教你的看法嗎？」

「台灣虎」：「我建議你們用『各個擊破』的辦法，先集中火力對付一、二個較弱的敵人，狠狠地教訓他們一下，同時也讓其它國家知道中國的決心，再來大概用外交手段就可解決。另外，他們都是來侵略的，隨時會要中國百姓的命，所以你們下手時不可稍有容讓，必須不擇手段。」

鄭部長：「我剛才和彭中將談過，他和你的想法幾乎相同，這樣我就更有信心了。」

「台灣虎」：「要以空間換取時間，更要虛以實之、虛實並用。還有，你們該開始撤退老百姓了。」

鄭部長：「好的，真有你的，連這都被你想到了。」兩人就此結束通信。

八月八日，自台灣歸來的共軍與中國整備的十二萬大軍會合，重新組織成共有三十三萬人的三個軍團：

一、第一裝步軍團，下轄四個裝步師、兩個戰車師、六個砲兵團、兩個特戰旅和一個野戰師，共計十四萬人。

二、新第四野戰軍團，下轄四個野戰師、三個砲兵團、一個騎兵旅、一個山區特戰旅和一個裝步旅，共計十一萬人。

三、第七沙漠軍團，下轄三個裝步旅、兩個自走砲兵團、一個野戰師、一個騎兵旅和一個化學特戰兵團，共計八萬餘人。

八月九日，第七沙漠軍團首先開赴東疆作戰司令部。

八月十日，新第四野戰軍團祕密開赴滇邊。

八月十一日，第一裝步軍團大張旗鼓地開赴廣西邊界。

至於俄羅斯、北朝鮮、印度等三地，中國自有手段對付。

第十八章　巨龍發威

八月十日，新疆防衛司令部下令，不論漢人回人一律撤退到塔里木盆地以東，一應生活所需全部由中央供給。

這是一個大遷徙的計畫，但這在中國早已司空見慣，漢人全部遵從命令遷移，回人卻有三分之一死也不願意離開。

八月十二日，東疆作戰指揮部獲報，土耳其裝甲車輛已越過中國與哈薩克國境，進入新疆。

八月十五日，第七沙漠軍團已逐次到達烏魯木齊，而到八月十五日止，土耳其的軍隊湧入新疆超過十八萬人，「看著吧，他們才剛要踏上死亡之旅呢！」東疆作戰指揮司令說。

新疆原有解放軍九萬多人、武警二十萬人，現在第七沙漠軍團一到，士氣大增，目前全數歸東疆作戰指揮部管制。除了二萬多名解放軍另有任務之外，其餘部隊都集中在烏魯木齊。

八月十七日，土軍前鋒已進入中國領土一百公里，途經三個城市都不見中國部隊的踪影，土軍大受鼓舞，遂更加速由南疆向東挺進，他們的初期目標是早日進入塔里木盆地的回人自治區，那是東土耳其斯坦的勢力範圍。

接下來看西南的局勢，緬甸是一個從未真正經歷過大規模戰爭的國家，緬軍平日只會打打內戰、凌虐老百姓而已，這一次進入緬軍以前從不敢踏入的滇緬三角地帶，竟無人過問，遂不禁垂涎起中國雲南這塊肥肉，故而今次起緬甸全國精銳部隊的半數前往雲南邊界伺機而動，但其行動已屢次被中國的無人機偵得，而和緬軍所想的相反，中國已祕密地調動新第四野戰軍團到滇邊一事，緬軍仍一無所知。

八月十三日，雲南省政府發了一道公文，給滇邊包括縣城在內的四個城鎮，因緬軍已進入滇緬三角地帶，故要求居民全數撤退，這一消息很快被緬軍探知，他們一致認為這是千載難逢的機會，於是急欲準備入侵中國。

再往東大約六百公里的廣西、越南邊界，中國第一裝步軍團已開到，廣西原有解放軍十五萬人，加上第一裝步軍團合計近三十萬人，其中又有數個越軍所闕的戰車師。越軍指揮官說：「切勿輕舉妄動，我們等到他們受不了別國的侵略時，自然會調回部隊，那時才是我們的機會。」

再往西一千多公里的中印邊界，二十萬名武警所喬裝的解放軍增援部隊，以一萬多輛大卡車載運，經崎嶇的中印公路逐批到達，其中更有許多山砲及多管火箭。這樣的陣仗讓印軍把對中國領土的野心，剎時拋到九霄雲外。

在中國的極東地區，二十萬名武警穿上解放軍的軍服在長白山麓的「龍井」進行操練，此舉讓北朝鮮大吃一驚。很明顯的，若北朝鮮對丹東有所異動，則解放軍必會從「龍井」攻入北朝鮮，屆時平壤可比北京近多了。

再往西到中俄邊界，中國使的是完全不同的把戲。中國自八月十日起，在全國各地推動「肉身護國」運動，呼籲百姓前往黑龍江和烏蘇里江的中俄邊境，阻擋俄軍渡江。

八月十五日，已有三百萬人自動自發地抵達了中俄邊境，且人數還在增加中，中國政府立即公布，完全負擔人員（百姓）到邊區生活的一切所需。

八月十八日一大早，俄軍指揮官托洛莫夫上將，隔江望去，只見彼岸的中國，一片黑壓壓的人頭鑽動，心中一驚：「昨天一夜之間又多了一百萬人以上，再這樣下去怎麼得了？」他隨即致電俄羅斯總統。

俄羅斯總統立刻召來國防部長與陸軍元帥共商對策。

國防部長說：「我們本來是要利用中國內亂趁勢入侵，現在看來似乎不是那麼一回事。」

陸軍元帥說：「我們可增兵，並在江面進行演習，不怕中國人潮不散去。」

總統說：「就這樣辦，然後再觀察幾天吧。」

再回到新疆，八月十九日土軍已順利攻下六個城市，並留下五千名步兵以固守後路，同時他們的主力總數二十萬名部隊已經到達塔里木盆地的西端，並已開始進入塔里木盆地，沿路只見一片黃沙，未見人跡。

八月二十日，東疆作戰司令部司令官問：「魚兒都入網了嗎？」

參謀回答：「這些土匪眼看著我們已撤軍，便急匆匆地進入我們為他們設下的死亡陷阱裡，我們可以動手了。」

司令官說：「別急，上面說不可不教而誅。」於是他們速電中央。

中原標準時間八月二十日下午五點整，中國對全世界發布一則公告：「警告，那些入侵中國的土匪，限二十四小時內投降，逾時將遭受毀滅性的攻擊！」

南疆，中原標準時間八月二十一日下午五點整，土軍已進入塔里木盆地的中部，並與東土耳其斯坦的軍隊會合，兩軍一同在瑪塔綠洲大肆慶祝。瑪塔綠洲是塔里木盆地中最大的綠洲。

土軍分成三部分，迤邐將近三十公里長。第一部分是由一百八十輛M1A2戰車及九十輛M2裝甲車，還有卡車載運的隨行步兵一萬六千人，還有數十輛野戰防空砲車，第一部分人員總數近二萬人。

第二部分是由八百輛「食人魚」輪型裝甲車及一百二十架AH-64戰鬥直升機所組成，總數約一萬六千人。

第三部分是搭載悍馬車及大型卡車的步兵與數百輛卡車的補給車隊，總數約十五萬人。

中原標準時間八月二十一日下午六點整，正值南疆最炎熱的中午，忽然間車隊的上空爆出六朵雲彩，土軍遭受攻擊了。

再回到中國西南滇邊，在稍早中原標準時間八月二十日早上八點，緬軍已陸續進入雲南邊陲的四個城鎮，緬軍正準備大肆劫掠，卻發覺四座城鎮都已成空城，劫無可劫，當天傍晚又接到中國的警告文。仰光來電，要他們在原地停留，暫作觀望。

中原標準時間八月二十一日晚上八點整，從仰光傳來令人驚懼的消息：「土軍被核攻！」仰光急令他們盡速撤離，但因緬軍無夜視裝備，所以他們打算在清晨五點立即撤離。可惜已經太遲了。

再回到中原標準時間八月二十一日下午六點的南疆，解放軍在土軍的上空投下六枚各二點五萬噸的戰術核彈。解放軍精確地將六枚核彈分三批投放在土軍頭上，土軍這回可是傷亡慘重。

中國這次在自己的土地上對未宣戰就入侵的敵人施以核武，全世界都無權置喙。地面上的土軍一分鐘前還在天堂般的綠洲，瞬間即刻變成人間煉獄，屍橫遍野，間雜著淒厲的哀嚎聲。

土軍的M1A2約折損百分之四十五，M2約折損百分之六十，隊伍最前端的一萬六千名步兵則折損百分之七十，食人魚裝甲車、直機折損百分之七十，隊伍最後的十五萬名步兵群則最慘，約折損百分之八十，總共土軍死傷十三萬人。

東土耳其斯坦的騎兵則死傷百分之八十五，縱橫回疆數十年的東土耳其斯坦從此名存實亡。

四個小時後，土軍接到更令人毛骨悚然的消息：「靠近中哈邊界的六個城鎮已被解放軍奪回占領。」這意味著土軍的退路已被切斷，也意味著中國即將進攻土軍。

中國的進攻部隊是由穿著生化防護衣的特戰師打前鋒，後面接著是四個機械化步兵師及一個野車師，與兩百架「虎二型」戰鬥直升機，最後面則是八萬名用來善後的武警，另外還有二萬五千名野戰步兵在十天前已從烏魯木齊出發，如今已趕到國境，切斷了土軍的後路。共軍共有二十二萬人。

土軍則尚有七萬多人可以一戰，但土軍所面臨的最大問題是，他們必須馬上拋下死傷的同伴，撤離被爆地，因為他們的食物及飲水都被放射線汙染，如果繼續待在此地，他們很快就會受到感染。所以土軍拋下親密的戰友「東土耳其斯坦」的殘餘部隊及土軍自己的傷兵，迅速地從瑪塔綠洲撤離。

土軍另一項致命的缺點是「沒有空中支援」。土耳其遠在二千多公里外，而在瑪塔綠洲方圓九百公里內，至少有十個中國的軍用機場。土軍初到中國之時，意氣風發，自詡為二十一世紀的「回教徒東征」，今日頓成喪家之犬，才發覺自己是那麼地孤獨與無助。

果不其然，當土軍才剛撤離瑪塔綠洲四十公里時，便遇上了六架轟-6來襲，轟-6帶著五百公斤炸彈投在土軍車隊中，接著是三十架殲-8帶著重型汽油彈到來。雖然有一架殲-8被土軍擊落，但總共六十枚汽油彈都丟下來了，再一次造成沙漠的火海煉獄，土軍又損傷了二萬多人。

餘下的五萬多名土軍身處危境，前有不明數量的敵軍、後有二十萬的追兵，他們再也無任何鬥志，遂在八月二十五日向共軍投降。而東土耳其斯坦的部隊因不願投降，遂在瑪塔綠洲被盡數屠殺。

場景再來到西南國境上，中原標準時間八月二十二日早上四點整，入侵中國的緬軍正打算撤軍，忽聽砲聲四處響起，原來先前被緬軍占領的四個中國城鎮已被解放軍包圍，而解放軍更派出騎兵旅直接占領緬軍回家的隘口，這時緬軍才驚覺自己已成甕中之鱉，便爭先恐後地向解放軍投降。

解放軍馬不停蹄繼續南下，緬軍俘虜則交由後面的武警押送到昆明，解放軍先派騎兵旅搭乘直升機，來到中緬三不管地帶中靠近緬方的重要據點，並先行占領，等待隨後的正規軍到來。

中國在短期之內擊敗兩大強敵，並俘虜了十多萬之眾，讓全世界為之震驚，尤其以印度及越南更為之坐立難安，因為在中緬邊境的那支行踪飄忽、難以捉摸的解放軍，向西可越過孟加拉，攻擊印度；向東可經由寮國，與廣西的部隊夾擊越南。形勢已是主客易位了。

八月二十六日，印度與越南都派代表團前赴南京與中國談判。

再回到八月十六日的中國東北，中國又對「龍井」增兵，而且運來了很多渡河工具。到了八月二十五日，傳來中國戰事成功的消息，北朝鮮馬上改變了立場。其實真正鬆了一口氣的是中國，當局勢最危急的時候，中國在丹東只有八萬名解放軍，而北朝鮮一直以為中國在使「空城計」。

八月二十四日，在中俄邊境的老百姓為呼應中國政府「肉身護國」的號召，已齊集了二千萬名民眾到江邊，中國政府並開放外國媒體採訪，俄軍眼看中國老百姓人多到都要擠下江了，又有各國媒體作實況轉播，自然不敢蠻幹，畢竟俄羅斯認為自己在世界上算是一個文明國家。中國的「人海戰術」在此發揮得淋漓盡致。

八月二十九日，俄羅斯國防部長宣布：「俄軍將結束在遠東地區的演習，軍隊將西返喀山防地。」

中國總算解除了六敵——土耳其、緬甸、越南、北朝鮮、印度、俄羅斯侵邊的危機。

自從北京被核攻以來，中國頓時有如一隻巨龍被斬斷了首級，國內暴亂四起，世界各國都認為中國完了，以致於連土耳其、緬甸之流的國家也妄想侵略中國，還趁機派兵侵門踏戶，沒想到中國在臨時領導人的登高一呼之下，全中國立即團結一致，輕輕鬆鬆就把土軍、緬軍全殲，這是因為他們太不了解中國人了。

中國在解除危機後，經歷史前無例的團結氣氛，人民第一次知道「團結」可以如此簡單地抵禦外侮，自己的國家仍然如此強大。但在南京的鄭部長知道這一股團結的氛圍如不能導向正途並加以安撫的話，這一股洪流就會吞噬中央的政權，所以他又向「台灣虎」請教。

在加密電郵中，「台灣虎」回答：「也真難為你了，真要問我，我只能老調重彈，根源是你們要能跟台灣言歸於和、和睦共處。對外要提倡和平共榮、對內要提倡遵守自由民主，如此才可國富民強。不要一味地利用民族情緒，用得久了，良方也會變成毒藥。」

鄭部長：「在國際上我們可以與你們和平共榮，我甚至可以力排眾議，放棄我們在國際間堅持了幾十年的『一個中國』政策，但在內政上，只要有人敢於把『自由民主』四個字說出口，那他馬上會變成所有軍委的箭靶。不管我心裡想的是怎麼一回事，做出來的又是一回事，你懂嗎？」

「台灣虎」：「感謝你能在外交上做出歷史性的改變，『和平共存』總好過『自相殘殺』。在內政上只要你心存『自由民主』，終有一日，必能將國家導向正軌。台灣也是在一九八〇年代，在第二任領導人末期才真正邁向自由民主。」

鄭部長：「謝謝賜教，有些事情雖然目前做不到，但我會一直記在心中的。」通訊到此結束。

第十九章　結局

新疆，一直是中國最大的省分，也是位於中國西陲的最重要之戰略地位，但是數百年來一直歷經回亂，無法真正的全境統一。二十世紀後期，中國陸續在新疆發現石油與稀有金屬，遂投入大量漢人開採，卻因此種下了越來越深的漢回衝突。這一次的土耳其入侵事件，使得中國下定決心，要好好的在政治上解決新疆問題。

二〇二七年九月十日，中國政府在新疆貼出公告：

一、再次特赦從先前到今日為止的叛亂分子。

二、重新劃分自治區，制定更寬鬆的自治條例。

三、開採礦藏必須優先僱用回人，並給予地方回饋金。

四、除了留下部分解放軍保衛邊境之外，其餘的解放軍全數撤離新疆。

五、今後漢回必須公平、公正地相處。

新疆的回民正提心吊膽地等著，不知道中央要用什麼方式來報復，現在看到這一紙公告，簡直不敢相信自己的眼睛，大部分的死硬派都轉為觀望的態度。「時間可以解決一切的」，鄭部長心想。

果然九月十五日，中國將六個師自新疆移防到中俄邊界，另外又移防兩個師到中朝邊界。

西南方面的防務，中國做了令人拍案稱奇的改變。

九月十日，中國正式對外公告將滇緬三不管地帶併入中國，並命名為「滇南軍事特區」，且從內地調來五個師，使區內擁有一支十八萬人之眾的快速打擊部隊。並公布將在區內設立陸軍步兵學校、裝甲兵學校和砲兵學校。

緬甸為此向國際社會告狀，但沒有一個國家理會他們。緬甸與土耳其更不敢告到國際法庭，因為他們先犯了戰爭罪——未經宣戰即派兵入侵他國領土，與土匪何異？

另外中國也裁撤南京軍區，將江蘇、浙江、福建等三個沿海省分的軍隊遷往內地。

二〇二七年十月一日，中國召開全國人民代表臨時會，會中推舉鄭部長為國家主席，並通過由鄭部長所提名的七名中央委員。

十月五日，鄭主席接待來訪的西藏宗教領袖，鄭主席保證只要西藏維護中國的主權完整，並解散藏獨組織，中國願撤出除了邊境以外的解放軍，並給予西藏充分的自治權。

十一月一日，中國對國際發表新的國家政策：「中國自始以來即無意爭奪世界霸主，但也絕不容許外族侵略中國，倘若有膽敢來犯者，中國必將傾舉國之力回擊。中國仍維持愛好和平的一貫初衷，並且已與台灣達成協議——『永遠解除台海的對峙局勢』，自即日起中國放棄『一個中國政策』，願與中華民國共同和平地生活在這個世上，今後中國仍會致力於維持此一區域的和平與穩定。」

第二天中國又公布了國防白皮書，其中值得一提的是，中國將裁減各軍種，二砲將只維持二十枚戰略核彈頭做為自衛之用，海軍將裁撤東海艦隊，只保留南海艦隊，並不再建造航艦與巡洋艦等大型船艦。同時將與台灣共同構建「東海非武裝區」，空軍與陸軍也都將大幅裁減。

中國的聲明自然事先取得台灣方面的某種默契，而對鄭主席來說，真正的困難在於如何擺平國內的反對聲音。

中國自二〇二〇年至今，發生三次大型戰爭，老百姓普遍極端地厭戰。尤其是第三次與台灣的戰爭後，中國百姓驚覺戰爭也有可能失敗，所以除了厭戰之外，更有懼戰的氛圍，這一股壓力給了鄭主席好的理由：「與其樹立一個頑強的敵人，不如拉攏一個堅定的盟友。」鄭主席結合了一批青壯的新領導，成功地壓制了守舊派的聲音，藉此拿掉中國行之數十年的「一個中國」神主牌。

中華民國方面有感於中國內政的逐漸改變，台灣當局自然樂意唱合中國的聲明。從另一個方面來看，台灣人民對於中國這個聲明可真是感觸良多，近八十年來，台灣人民每天都要提防炸彈從天而降，如今一反以往，突然那糾纏在心中多年的備戰惡夢已不復再現。一九六〇年代、一九七〇年代、一九八〇年代那一聽到空襲警報就惶然不知所措的日子已然遠去，代之而起的是一片和平氛圍，台灣的軍民當然全體一致地迎接這個新時代的挑戰。

其實中國裁撤南京軍區及裁減大量的軍隊，其目的是在安撫國內的人心，七年來經過三次大規模戰爭（中日戰爭、中美戰爭、台海戰爭）後，人民已極度厭戰，尤其台海戰爭之後，人們才知道台灣是一塊啃不動的硬骨頭，中國政府再也不能拿「統一台灣」做為凝聚團結、放下私怨的藉口。在此局勢之下，與台灣建立良好的關係，顯然是中國政府的當務之急。

事實上，目前中國最急迫的問題是國內千瘡百孔的經濟，三次大規模的戰爭下來，死傷近二千萬人，目前已有約五千萬的流民，國內工商業百廢待舉，而國家卻瀕於破產邊緣，哪有能力再擠出數十兆元去重建海、空軍。中國當局目前亟需把國家能撥出的錢都用於民生建設，以免又發生暴亂，在這一方面，台灣也適時伸出友誼之手，此舉更獲得中國民心。

至此，台灣已完成「泰山計畫」。

十二月三十一日，台灣要舉行公投，以決定未來的國號，選項只剩「中華民國」和「台灣民主共和國」，至於哪一個將會是台灣人民最後的選擇，人民心中已有了答案。

注釋　武器原理說明

1 **焦點**

一個橢圓面的前方有一焦點，橢圓面前各處發射的聲波都會反射到焦點，所以身處在焦點的人會聽到大量的回音。

2 **變溫層**

海水在某個深度以下會產生驟變水溫，因聲波的傳導速度與水溫有關，在傳導到不同的水溫層時，聲波會折射，故而從一般的水域極難偵測變溫層裡的動靜。

3 **都卜勒雷達**

當以電磁波探測目標時，若目標向探測者靠近，回波的波長會縮短，反之則會增長，這就是「都卜勒效應」，利用此一原理製成的雷達就叫「都卜勒雷達」。

4　被鎖定的各機自行緊急閃避

星式戰機的機尾設有一雷達警示器，如被同一雷達波持續照射，即可知自己被敵人鎖定。

5　終端速度

飛行的物體（非自由落體）當它的推力與空氣阻力恆等時，就會形成固定的速度，稱為「終端速度」。

帝國末日 3：台海決戰

作　　者　T.W.虎

發 行 人　林敬彬
主　　編　楊安瑜
責任編輯　游幼真
內頁編排　何欣穎
封面設計　王雋玗
編輯協力　陳于雯、丁顯維

出　　版　大旗出版社
發　　行　大都會文化事業有限公司
11051台北市信義區基隆路一段432號4樓之9
讀者服務專線：(02)27235216
讀者服務傳真：(02)27235220
電子郵件信箱：metro@ms21.hinet.net
網　　　　址：www.metrobook.com.tw

郵政劃撥　14050529 大都會文化事業有限公司
出版日期　2018年01月初版一刷
定　　價　300元
I S B N　978-986-95651-8-9
書　　號　Story-26

First published in Taiwan in 2018 by Banner Publishing,
a division of Metropolitan Culture Enterprise Co., Ltd.

4F-9, Double Hero Bldg., 432, Keelung Rd., Sec. 1, Taipei 11051, Taiwan
Tel: +886-2-2723-5216　Fax: +886-2-2723-5220
Web-site: www.metrobook.com.tw
E-mail: metro@ms21.hinet.net

◎本書如有缺頁、破損、裝訂錯誤，請寄回本公司更換。

大旗出版
BANNER PUBLISHING

國家圖書館出版品預行編目(CIP)資料

帝國末日3：台海決戰 / T.W.虎著. -- 初版. --臺北市：
大旗出版：大都會文化發行, 2018.01
256 面；21×14.8 公分. --（Story-26）

ISBN 978-986-95651-8-9（平裝）

857.7　　106023933

大旗出版
BANNER PUBLISHING

大旗出版
BANNER PUBLISHING

大旗出版
BANNER PUBLISHING

大旗出版
BANNER PUBLISHING